The Cat Who Wished To Be A Man

想當人的貓

作者／羅伊德・亞歷山大（Lloyd Alexander）
譯／謝靜雯　繪／高一心

晨星出版

推薦序

透過貓的眼睛，來看一場「人類現形記」

——親職作家／兒童文學工作者 ✦ 小熊媽張美蘭

這本兒童文學的書名十分有趣，因為我有一位愛貓的朋友，是「想當貓的人」！

本書的內容，是描寫講述一隻因巫師施法而擁有說話能力的貓，不斷地央求他的巫師主人能將他變成人，巫師不耐其煩，終於施法如貓咪所願，但他要求貓咪必須在約定時間內返回森林。抵達人類城鎮的貓，想要拯救遭受鎮長打壓的鎮民們，又要想法避免被鎮長與他的黨羽抓到，還要遵守約定按時回家，這些狀況下所產生的一連串冒險故事，十分有趣！

我喜歡巫師說過的這段話：「當貓就該高興了！……狼比人還溫柔、鵝比人有智慧、公驢比人還講道理！……蜜蜂螫起人來，都沒比人類惡毒；螞蟻工作起來，比人類勤奮！」

透過貓的眼睛，來看一場「人類現形記」，讓孩子更了解人性的弱點，的確是一本兒童文學的佳作。

饒富想像趣味的寓言風格童話

——國際故事人　胖叔叔陳銘驤

甘受欺壓只求自保，會讓人好似不能自主的寵物，而經歷艱難的單純真誠，終將成為最有人味的人。

主人對於寵物貓應該有掌控的權力，加上主人若是會法術的巫師，那他的寵物貓應更加服貼柔順才對。不過，《想當人的貓》完全不是那麼一回事。

故事一開始，巫師主人讓貓咪會講人話，沒想到貓咪還想變成人，不管主人批評人類世界如何糟糕可怕，貓咪就是充滿好奇，整天不停哀求，主人被煩到受不了，只好同意將貓咪變成人，於是，滿有想像趣味的寓言童話就此展開！

變成人的貓咪，懂得情愛、會親吻嗎？面對蠻橫粗暴的人世又該如何呢？究竟是當被掌控寵愛的貓好？還是遍嚐現實情愛的人好？簡單真誠做自己到底難不難？面對不公義壓迫控制，應該乖順自保還是團結反抗？請看本書，享受省思。

以不同的視角領略人性

——台南市智慧森林兒童閱讀文化學會理事長　黃愛真

一隻說著人話的貓，萊諾，在巫師將牠變成「人」後，進入人類社會成為「貓人」的故事。

成為人的萊諾，先從光溜溜的身軀開始，再學習穿衣服，如同不帶成見的動物或新生兒童一般「光溜溜」的來到人類社會，開始了人類文化的洗禮與社會化的成長過程。

透過萊諾的視角，帶領讀者一起用新的眼光審視人類的現代化：萊諾發現不能吃的硬幣、黃金，人類視為至寶，並

且因為貪婪而傷害同類。在此，金錢不能直接食用，卻作為一種符號，被人類強取豪奪，人類爭取的不是基本實質的溫飽，而是抽象的符號和權威。

萊諾進入人類社會，逐漸感受到愛與友情，轉而和貪婪的一方對立，同時產生人類生理與心理特質，如哭泣、珍視生命等，提示了人類存在的價值也鋪下了日後成為真正人類的驚喜結局。

一本適合帶領孩童進入兒童文學之門的書

——親職教育講師 ✦ 澤爸魏瑋志

「拜託，主人。可不可以把我變成人？」

這是貓在講話嗎？《想當人的貓》一書的第一句，就用了極具吸引力的方式開頭，點出了貫穿全文的中心思想與風格。

貓的性格、貓的動作、貓的習性，只是外型變成了人，而且還要去拯救小鎮的鎮民，光是讀著作者羅伊德．亞歷山大（Lloyd Alexander）幽默又詼諧的筆觸；順著精彩又充滿想像力的情節發展，著實讓人忍不住一頁又一頁地翻閱停不下來。

同時，不時又帶著諷刺與戲謔的寫法，把身為人類的本性揭露無遺，簡直是不想認同也不行。看著看著，絕對會不自覺地莞爾一笑。

《想當人的貓》輕鬆又風趣，相當適合帶領孩子進入充滿想像的兒童文學之門。

目錄

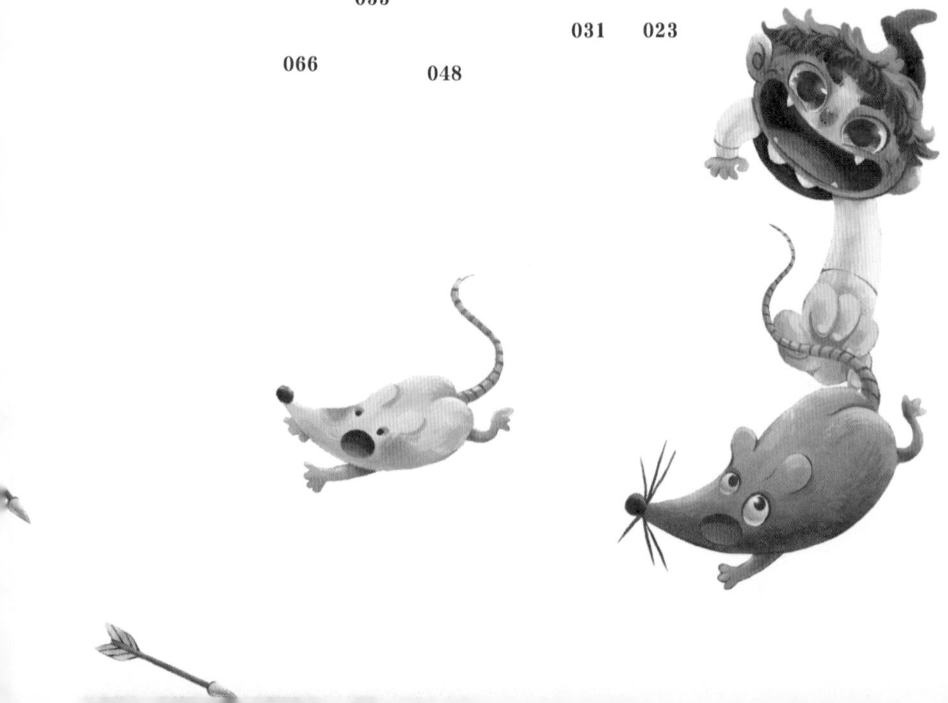

01 萊諾的願望

「拜託，主人，」貓說，「可不可以把我變成人？」

史蒂芬納斯大人正在壁爐那裡攪拌湯鍋。身為法力高強的巫師，史蒂芬納斯大可命令湯自動煮好，但他寧可親手調理食物。他突然停住動作，蹙眉望著那隻橙棕色的年輕貓咪。

「你剛說什麼？萊諾，我沒聽錯吧？」

「主人，能不能把我變成人？」

「當初給你說話的能力，是為了來點有深度的對話，」史蒂芬納斯回

答，「可是如果你再胡言亂語，我就要撤銷你說話的能力。天啊，真是的！你都還不是一隻成貓呢！」

「可是，主人——」萊諾說，「我不覺得自己像貓。」

「你年紀還沒大到清楚自己對任何事情的感覺，」史蒂芬納斯說，「再說，可不可以請你好心告訴我，你明明是貓，卻覺得自己不像，是從什麼時候開始的事？」

「從你給我人類說話的能力開始。」

史蒂芬納斯霍地站起身，萊諾嚇得連忙躲到牛奶陶罐後頭。巫師在小木屋的泥土地上來回踱步，自織的長袍在小腿肚周圍翻飛，他扯著鬍子大發牢騷，「真受不了，可惡！好好一個天賦又被濫用了！我把說話的能力送給貓，送他語言這個貴重的寶物，他竟然用來折磨我！」

萊諾從牛奶陶罐後面探出頭來。「拜託啦，主人，我真的想當人嘛。」

「能當貓就該高興了！」史蒂芬納斯嚷嚷，「我來跟你講講人類的事：狼比人還溫柔，鵝比人有智慧，公驢比人講道理。至於你呢——我警告你，可別試探我的耐性。」

✣ ✣ ✣

翌晨，萊諾在園子裡找到史蒂芬納斯大人，他正忙著綁豆莖。

「主人啊，」萊諾懇求，「能不能把我變成人？」

史蒂芬納斯一把拋下豆桿，用力嚥了幾次口水之後回答，「聽我說，好多年前，我在來到登斯坦森林建造這座小屋前，我在布萊福住過——」

「布萊福？」萊諾打岔，「那是什麼？」

「一座城鎮，」史蒂芬納斯說，「那裡塞滿了人類，擠到水洩不通，一個疊著一個，都巴在鄰居身上了。」

「像蜂窩？還是蟻丘？」萊諾說，「我想見識一下。」

巫師冷哼一聲。「蜜蜂螫起人來，都沒人類惡毒；螞蟻工作起來，比人類勤奮。我第一次到那裡去的時候，布萊福的民眾還在用削尖的棍子耕地呢！那個時候我很同情他們，所以送了他們一份大禮：關於金工的一切祕密。我教他們怎麼把鐵鑄成犁、耙子跟鋤頭。」

「有那些工具，他們一定很高興吧！」

「說什麼工具啊？他們拿那個技術去做長劍跟長矛！我給他們的禮物，每一件都被他們扭曲變造成糟糕的東西。他們原本體弱多病，所以我教他們怎麼使用植物根莖跟藥草來製藥，結果他們竟然想辦法調煮出致命的毒藥。我教他們怎麼釀造溫和的酒，他們竟然蒸餾出白蘭地烈酒！我教他們養育乳牛跟馬匹，作為協力工作的幫手，但他們卻逼牛馬做苦工。自私的生物！他們啥也不關心，連彼此都不放在眼裡。說什麼『愛』？他們只愛黃金。」

「什麼是黃金？」貓問，更加好奇了。

「一種黃色物質，人類寶貝得很。」

「一定很好吃，」萊諾說，「真希望可以嘗嘗看。」

史蒂芬納斯苦澀地笑了。「黃金不能吃，也不能喝。它是黃色的糞土，就這樣而已。可是那些傻瓜把它變成硬幣——圓圓扁扁的金屬片——他們管它叫做錢。不管叫什麼名字，它都一無是處。可是為了把黃金弄到手，他們啥事都做得出來。」

「布萊福有個男人，」史蒂芬納斯繼續說，「懇求我搭建一座橋，好讓農夫跟商人載貨物過河，所以我造了橋。我為了所有鎮民，用一塊塊石頭建了座結實的橋，大功告成之後，那個惡棍竟然設了個收費閘門。」

「我知道什麼是閘門，」萊諾說，「可是什麼是收費？」

「要付錢的意思，」史蒂芬納斯回答，「對這些生物來說，『付錢』這種活動可以是討人厭或是討人喜歡，就看他們是付費的一方還是收錢的一方。那個貪心的傢伙逼每個過橋的人付錢，鎮議會非但沒阻止他，還找他擔任領袖，投票選他當鎮長。」

「鎮長？」萊諾問，「什麼意思？」

「在這個例子裡，就表示他會變得更有錢。在那之後，我已經忍無可忍，乾脆搬到登斯坦森林。我再也不會踏進布萊福一步，你也不應該去，關於變成人類的事，一個字都別再提了。」

✣ ✣ ✣

翌晨，史蒂芬納斯正在揉麵糰，準備烘焙整個星期的麵包，這時萊諾跳上了桌面。

「主人，請把我變成人類。」

史蒂芬納斯拿起擀麵棍，又放了下來，深吸幾口氣，足足花了幾分鐘才平靜下來。他說：「我們好好講道理吧。我親愛的萊諾，我很清楚你的感受。我們在某一刻多少都會有點厭倦自己的身分。有時候，我對巫師身分覺得厭煩，你當貓也會當膩，這點滿正常的。好吧，就讓你當——嗅，比方說，一隻獾，就試個幾天吧，這種改變會讓你覺得耳目一新。還是要變成水獺？或是某種鳥類？就看你比較喜歡哪種。」

「主人，」萊諾說，「我真的很想變成人，親眼瞧瞧布萊福的模樣。」

「固執的貓！」史蒂芬納斯忿忿地說，「我都警告過你了！」

萊諾將耳朵平貼在腦袋上，從桌上一躍而下，準備快步逃開。

「站住！」史蒂芬納斯吼道，「給我留在原地！你試探我的耐性，已經超過了極限，現在乖乖接受懲罰吧。你想變成人，然後到布萊福去是吧？那就隨你便！」

「主人，你願意幫我這個忙啊？感謝你！」

「先別急著謝我，等你治好自己的蠢病再說，」史蒂芬納斯回答，「嗅，是的，你今天就上布萊福去吧。不過，你要答應我一件事。」

「好！」萊諾嚷嚷，「什麼都行！」

「你一定要向我保證，」史蒂芬納斯說，「你要鄭重向我許下誓言，會一分不差準時回來。」

「主人，我保證。我發誓！」

「好吧，來進行吧，我可是有比把貓變成人還重要的事得忙。別動。」

萊諾聽話照做。主人終於同意了，這會兒貓的心情卻從躍躍欲試變成恐懼不安。他閉緊眼睛，全身蜷成一球，腳掌摟住胸口，縮起後腿，尾巴繞住臀腿。他等待著。

「站起來吧。」史蒂芬納斯命令。

萊諾眨眨眼，他的前掌變成雙手了。他目瞪口呆地看著自己的十根指頭，起先謹慎地扭了扭，再來喜出望外地動了動。後肢成了一雙腳，腳爪成了腳趾。尾巴不見了，鬍鬚也是。

「完成了嗎？」萊諾驚奇地低聲說，「這麼快？就這樣？」

「不然你以為呢？」史蒂芬納斯反駁，「難道會雷電交加嗎？」

02

史帝芬納斯大人的禮物

「主人，謝謝你！」

萊諾撲向巫師，想跳進主人的懷抱，卻害得自己跟史蒂芬納斯跌了個四腳朝天。

「離開我的胸口，你這個大笨蛋！」史蒂芬納斯氣呼呼地說，「你現在不是小貓了！」

萊諾扶巫師起身之後，才意識到自己比史蒂芬納斯高了一顆頭。他滿心驚奇地細看自己的新身體，一身肌肉強健結實，腰部苗條、肩膀寬闊。

他輕拍自己的長手臂跟長腿，對手指跟腳趾數了又數，接著因為急著上路，就逕自往小屋門口跑去。

「給我回來，」史蒂芬納斯下令，「你這個樣子，你覺得可以在布萊福走多遠？」

「我這個樣子？你把我變得比我希望的還好耶！」

「你身上一針一線都沒有耶！」

「要先把我縫在一起才可以嗎？」萊諾狼狽地問。

「我的意思是，」史蒂芬納斯說，「你什麼都沒穿。」

「有關係嗎？」

史蒂芬納斯搖著腦袋，邊嘆氣邊嘀咕，打開小屋角落裡的鐵櫃。他在裡頭撈撈找找，最後拿出了靴子、襯衫、馬褲、短夾克還有一些內衣褲，然後遞給萊諾。

「把這些穿上，應該滿合身的。」

萊諾連忙套上衣裝，不過，片刻之後就哀哀鬼叫，「主人，我不能去布萊福了！」

「你在胡說什麼？」巫師惱火地回話，「你本來一心只想去，現在又說不能去了？」

「我快窒息了啦！」萊諾喘著氣，「我沒辦法呼吸，也不能走路！」

「這我倒不意外，」史蒂芬納斯回答，「因為你把褲管套在手臂上，雙腳伸進了襯衫袖子裡，而且靴子還穿錯腳。」

「可是我現在就只有這雙腳啊。」

史蒂芬納斯大人不耐煩地咂咂舌，試著幫萊諾把衣物穿好。巫師很不

習慣幫別人穿衣服，而萊諾根本不習慣穿衣服，結果只是讓情況雪上加霜。不過，萊諾的動作比主人更靈巧，終於抓到了竅門，將釦子塞進釦眼，將繫帶穿過孔眼，不久就打扮完畢站在原地。

巫師打量著原本是貓咪的萊諾，不大願意表示讚賞，只是短促地點點頭：「這樣就行了，沒比其他人差就是了。喏，」他補充，一面從胸前口袋掏出鏡子，「乾脆讓你看看自己的模樣。」

萊諾盯著鏡中影像。鼻子比他原本的更長，嘴巴比原本更寬，可是那頭粗糙短髮就跟他原本的毛色一樣橙中帶棕。眼睛也跟原本一樣是帶有金點的綠眸。他用舌尖溼潤了指尖，開始撫平眉毛、搓洗耳朵。

「不用梳理你自己啦，」史蒂芬納斯說，「反正又沒差，人類看起來都一個樣。過來，我有個重要的東西要給你。」

萊諾把鏡子遞回去之後等著，史蒂芬納斯大人直往一只木箱裡瞧，箱裡塞滿硬幣、戒指、小飾品跟零碎物品。

「我可不打算寵壞你，」巫師說，用食指攪著那堆雜物，「我不會給你魔法盾牌或那類的裝備。如果你在布萊福倒了楣，那就算你活該，可以給你一個好教訓。儘管如此，我還是不能讓你在毫無保護的狀況下就到人類世界去。啊，對了——我就是在找這個。」

「許願骨[1]？」萊諾邊說邊嗅著史蒂芬納斯遞過來、那塊又乾又脆的東西。

「沒錯。」

「要我現在就嚼碎嗎？」

「許願骨的功能，」史蒂芬納斯說，「是要許願用的，可是效用只有一次。」

「主人，我的願望你都替我實現了啊。」

「你現在雖然這麼想，但之後想法可能會改變，所以你一定要隨身帶著這個東西。要是出了什麼差錯，遇上麻煩或危險，就把骨頭折成兩半，不管你想去哪裡，它都會帶你去。」

「這根骨頭就只有這種用途嗎？」萊諾說。

「既然它可能救得了你的命，」史蒂芬納斯冷冷地簡略回答，「我想這用途就已經綽綽有餘。你只要許下回家的願望，再折斷骨頭，馬上就能回到家。」

「現在我懂了，」萊諾說，「有這根骨頭，就沒東西傷得了我。」

「這點就難說了，」史蒂芬納斯說，「在布萊福那裡，你會遇到比在登斯坦森林裡遊蕩的野獸還殘酷的東西。」他把許願骨塞進軟皮革做成的小袋，束好拉繩，掛上萊諾的脖子。「所以呢，這個東西絕對不能離身。」

「謝謝你，主人，」萊諾嚷道，展臂擁抱巫師，這次動作十分謹慎，「再見了。」

1 許願骨（wishbone）：禽鳥胸部的Y型三叉骨。

「你許下的承諾——」

「我不會忘記的。」萊諾要他放心。

「那就去吧，」史蒂芬納斯說，「背對著太陽一直走，直到穿過樹林為止，然後左轉就會遇到布萊福路。再會了。」他嘀咕，輕柔地撫摸搓弄萊諾的腦袋。「再會了，可憐又愚蠢的貓。等你受夠了，自然就會回家。我敢說，那種狀況會來得比你想的還快。」

03 波斯維鎮長的收費閘門

萊諾按照主人的指示，啓程穿越登斯坦森林。他大步向前邁進，動作迅速又安靜，不曾將腳下的細枝踩出聲響。林間只要傳來窸窣聲，他就把腦袋一偏，準備撲向每道閃過的陰影。有隻豐滿的鵪鶉快步經過，萊諾的雙眼一亮，鼻子抽動，但他強忍朝地趴下、追捕鳥兒的衝動。他繼續往前趕路，過午的時候，終於抵達了樹林邊緣。

他順著壓得硬實的寬闊路面奔馳，推想這裡應該就是布萊福路。不久，轉了彎之後，他發出驚奇的呼喊。前方的屋頂高得超乎他想像，一道石橋拱在滔滔奔流的河水上方。高矮胖瘦不等的民眾推推擠擠要過橋，有些人徒步、有些人騎馬；有些人駕著馬車、有些人推著手拉車。遠處，他瞥見有個開放的廣場。攤商擺出蔬菜、水果、一盆盆魚貨跟一堆堆乳酪，旗幟在這些攤子上方飄揚。當嗅到臘腸、烤雞跟烘焙點心的香氣時，萊諾的鼻子一陣搔癢。

他拔腿奔向人群，不過，橋才過一半，有道頂端裝了尖刺的木頭柵門就當著他的面關上。有個身穿皮夾克的男人，腦袋頂著類似煮鍋的東西，一把揪住萊諾的手臂，「你！你要上哪去？」

「到布萊福啊，」萊諾回答，「可是我沒多少時間，所以如果你行行好，把你的柵欄移開——」

「付你的過橋費，」男人厲聲說，「不准回嘴。」

「啊，這一定是那個付費閘門，」萊諾回答，「就跟我主人說的一樣。」

「你這蠢蛋，不然你本來以為是什麼？難道是波斯維鎮長的馬跟馬車嗎？把手伸進口袋，錢掏出來。」

男人指指萊諾的馬褲，萊諾發現褲子裡有布做成的小袋子。他心甘情願地配合照做，一一搜尋那些袋子，最後搖了搖頭。「袋子都是空的，史蒂芬納斯大人沒給我錢。抱歉，我今天付不出來，可是如果哪天再到布萊福鎮——」

「聽到他說什麼了嗎？」男人對他的同袍嚷道，後者穿戴著相同的夾克跟頭盔，「這人還真精，對吧？」他轉過頭來面對萊諾。「快，我沒時間玩遊戲，不想付錢，就用游的。」

「我才不要用游的呢，」萊諾說，往下瞥瞥河流，打了個哆嗦，「我不喜歡水。」

「那就離開這座橋啊！」警衛下令，然後撿起一根嵌在長把手上的彎木頭，對準萊諾。

萊諾興味盎然地瞅著他：「那是什麼東西？是犁嗎？」

「我要用它來修理你啦，」警衛駁斥，「我要用十字弓給你的肚子一記，快滾！」

到了此時，萊諾背後擠了越來越多人，大家越來越不耐煩。有些人氣憤吼著要他閃邊去，其他人則叫警衛放他過橋。

「鬧夠了吧！」魁梧的馬車伕喊道，他的馬開始不耐煩地扒著地，「門打開！讓我們都過去。免費！波斯維靠著這座付費橋，財產多了三倍！」

「沒錯！」胳膊上挽著籃子的女人嚷道，「他壓榨我們也壓榨得夠了。

他老爸也是，他爺爺也是！」

「門打開！」另一個人跟著起鬨，「我們付那麼多過橋費，自己都沒剩什麼錢了！」

「門打開！」更多人出聲了，「門打開！波斯維下台！」

聽到最後這句話，兩個警衛警覺地呼叫支援，用十字弓瞄準往前推擠的鎮民。

「退後！你們全部退後！」有個男人用刺耳的嗓音說，一面粗魯地撥開人群。

剛剛現身的這個人，頭戴插了白羽毛的寬緣帽，頸子套著亞麻褶領，腰部圍著紅色寬飾帶，身側掛了一把刀，比史蒂芬納斯大人用來割雜草的刀還要長。

「這裡是怎麼回事？」他質問，「怎麼有人敢對鎮長閣下無禮？」

「史瓦格隊長——」一位警衛開口。

「我們受夠了波斯維的付費閘門，」馬車伕宣布，「這不是無禮，是擺在眼前的事實！」

「住嘴，托立佛，」史瓦格喝叱，把那張戽斗臉轉向馬車伕，「原來這件事你參了一腳。」

「罪魁禍首是這個傢伙，」警衛說，指著萊諾，「他不肯付過橋費。」

「原來如此，」史瓦格說，拇指勾著腰帶，瞇眼上下打量萊諾，「原來布萊福來了個自作聰明的傢伙，不想付錢就回去。每個男女老少都要遵守這條法律。」

「既然是這樣，」萊諾開心地說，「我根本不用付啊，我是貓。」

04 萊諾成功過橋

鎮民聽到這番話，忘了他們對波斯維鎮長付費鬧門的怒氣，放聲大笑起來。史瓦格往萊諾走得更近，咬牙切齒地說：「小心點，要不然等著到布萊福監獄去搞笑。」

「是真的，」萊諾回答，「我真的是貓。」

史瓦格的臉上慢慢浮現嘲諷的笑容。他伸出一隻手，搔搔萊諾的下巴，故意嗲聲嗲氣地喊：「貓仔、貓仔、貓仔！小喵喵、小喵喵、小喵喵！」

萊諾往後退開。對方粗魯的碰觸讓他頸毛直豎。他雙眼噴出怒火，雙手舉高、指頭彎曲，準備出手抓擊。

「噢吼，」史瓦格得意地說，「原來貓先生是隻野貓啊！注意你的禮貌，要不然我把你的爪子剪光光。你是打哪來的？從事哪行？是村裡的白癡嗎？」

「我跟主人住在登斯坦森林，」萊諾回答，史瓦格不再用手逗弄他，他也就平靜了點，「至於我的行業，除了當貓以外，我什麼都不做。」

「太了不起了！」史瓦格說，繞著萊諾轉圈圈，從每個角度打量他，「當貓！那你的尾巴怎麼啦？給老鼠咬去了嗎？」

「不是，」萊諾誠懇地解釋，「我沒帶來。嗯，事情是這樣的：史蒂芬納斯大人把我變成了人。」

「是變成蠢驢吧。」史瓦格糾正。

「史蒂芬納斯大人很欣賞驢的，」萊諾說，「也許哪天我應該當頭公驢，可是我向主人保證說會準時回家，所以如果你不介意把門打開——」

「門擋到你的路了啊？貓先生？像你這樣優秀的貓，輕輕鬆鬆就跳得過去了。快啊，貓仔，讓我們瞧瞧你多會跳。要是你跳過了門，就可以免費進布萊福。更好的是，在場的每個人都可以免費進去。」

「放過他吧，史瓦格，」叫托立佛的馬車伕喊道，「我來替他付錢好了。要他跳過柵門？他到時不是摔斷脖子，就是被上頭的尖刺穿腸破肚。」

同時，萊諾很高興有這麼輕鬆的交換條件，他先後退幾步，以銳利的目光瞥了柵門一眼，拿捏高度，再來伏低身子、繃緊肌肉。他使勁一彈，就跳入了空中，橫空飛越的時候，還跟柵門頂端隔了點距離，最後輕盈地降落在柵門的另一邊。

警衛在他背後驚愣不已，於是打開了付費閘門。群眾又是歡呼又是吹哨，喜孜孜地大喊大叫，成群湧過了這座橋。

史瓦格只能怒目瞪著萊諾的背影。

萊諾拔腿奔往鋪了石子的廣場，一到那裡，他就連忙用雙手摀住耳朵，覺得來自四面八方的叭叭、嘎嘎、咩咩、嘶鳴聲，會害他的耳朵裂開。在裝飾鮮豔的攤子那裡，攤商敲著鍋碗瓢盆，將一塊塊皮革縫成靴子，或是展開一捆捆布匹，一面放聲喊叫、招攬客人上門。有十幾個男人站在一個角落裡，對著銅製長管子吹氣，或是敲擊像是用皮革繃在酒桶表面的東西，發出了萊諾從未聽過最嘈雜的刺耳聲音，有的低沉、有的尖亢。

「有件事很確定，」他暗想，「人類是很吵鬧的東西。他們要怎麼睡覺啊？他們全都聾了嗎？」

不過，讓他訝異的是，聽沒多久，樂隊的嘈雜聲竟然悅耳起來。萊諾聽得越來越習慣，樂聲加快他的脈搏，腳情不自禁地打起拍子。

他出發去找之前聞到的肉品跟烘焙點心，可是才走幾步，就感覺身上有個口袋彷彿有老鼠在裡頭竄動。萊諾快手一探，揪住了那個東西。

「放我走！放我走！」瘦骨嶙峋的男人尖聲說，整個人瘦得跟黃鼠狼似的，扭著身子想從萊諾手中抽開自己的手腕。

「你在找什麼東西嗎？」萊諾客氣地問。

「好了，你害我上鉤了！」男人情急地說，「別叫鎮警來，咱們打個商量，多少你就放我走？」

「多少？」萊諾複述，「多少什麼？」

男人從口袋裡掏出一把金屬圓片，硬是塞進萊諾手裡。「拿去吧！好了，現在放開我。」

當萊諾一頭霧水地瞪著這份出其不意的禮物時，這位送禮人趁亂掙脫，腳底抹油溜了。

「喂，等等啊！」萊諾喊道。可是男人已經沒入人群，不見了蹤影。

萊諾嗅嗅那一把硬幣。「這一定就是史蒂芬納斯大人說的錢。」

他拿起一枚圓片，拋進嘴裡，卻馬上呸呸呸的吐了出來。「史蒂芬納斯大人說得沒錯，一點都不好吃。」

萊諾繼續往前走，在一個攤子邊停下腳步，驚奇地望著一個鮮紅色輪子，輪子固定在直立的桿子上，邊緣漆著數字。

「過來啊，朋友，」滿臉橫肉的胖男人喊道，「別跟皮卡羅先生客氣啊，幸運女神今天正在對你微笑！你想要什麼？轉轉輪子？丟個骰子？賭金多小都行喔——」一看到萊諾手裡的錢，他瞪大了眼睛。「賭大筆的也行。來嘛，朋友，贏了多拿一倍，輸了就什麼都沒有。」

萊諾不確定這是什麼意思，但很樂意配合這樣熱心的傢伙，於是順應對方的要求，把錢幣攤在木桌上。路人看到初來乍到的陌生人準備試試手氣，就湊了過來。

同時，萊諾瞥見桌上有三個大大的胡桃殼。但他很失望裡頭全是空的。皮卡羅先生笑得更開了。「所以，你想試試那個，對吧？」

他沒等萊諾回答，就放下一顆乾豆子，用一個胡桃殼蓋住，然後把另外兩個胡桃殼擺在旁邊。

「看仔細囉，」皮卡羅說，然後來回滑動胡桃殼，快速又靈活地繞來繞去，最後停下來，咧嘴衝著萊諾笑，「好了，找出豆子，贏得賭金吧。

豆子在哪啊？在這個下面，還是這個？或者是這個？」

萊諾的視線跟上了之前的每個動作，他立刻回答：「都不是，被你拿去了。」

皮卡羅還搞不清楚狀況，萊諾就迅速伸出手，扳開對方的手指。皮卡羅措手不及，支支吾吾、語無倫次；乾豆子就在他的掌心裡，打從一開始就藏在那裡了。

「自作自受啊，皮卡羅！」有個路人喊道，其他人縱聲大笑。

「我贏了嗎？」萊諾問，「你再試一次吧，看看這次能不能藏得更好。」

「搶匪！騙子！」怒不可遏的皮卡羅吼道。不過，既然眼前有那麼多證人，他別無選擇，只好給了萊諾雙倍的錢。「別回來了！我不跟你這種騙子賭！」

05 史瓦格先生的誆騙伎倆

現在，萊諾的錢幣多到差點捧不住。路人同聲為他喝采，用手肘戳他的肋骨、拍拍他的背，其中一位嚷著：「為了慶祝你的好運，招待我們吃喝喝吧！」

「好啊。」萊諾表示同意，隨著每分鐘過去，他也越來越餓了。他任由這些新同伴簇擁著他往前走，一面納悶，這些人個性這麼好又熱心，史蒂芬納斯大人對他們的觀感怎麼會那麼差？

一夥人在擺滿各類肉品跟精緻食品的攤子前面停下腳步，有個男人頭上戴著白蘑菇似的東西，探出身子問道：「誰付錢？」

「他付，」萊諾有個同伴說著，便把他推到前頭，「他要請大家吃東西！」

廚子想拿多少硬幣，萊諾就毫不猶豫地給出去，很高興能夠拿這些金屬小片換點更可口的東西。廚子拉下幾串臘腸，幾隻烤雞、幾個肉派及碎肉烤餅，以最快速度一個個傳給群眾。可是萊諾忙著付錢，根本沒機會替自己抓點飛快傳走的食物。

他正準備伸手拿派的時候，背後傳來人聲，「欸，貓先生！你說沒錢付過橋費，對吧？卻有錢可以請布萊福每個閒人吃東西！」

史瓦格冷冰冰地怒瞪著他，繼續說：「你哪來的錢？偷來的嗎？你不會告訴我在街上撿到的吧？」

「有個男人叫我放開他，就給了我一些錢，」萊諾答道，「另一個人用核桃殼玩了遊戲，又給了我一些。」

「欸，最好是啦！」史瓦格譏笑，「你跟我上拘留所去，來舒舒服服地把你的故事講一遍。」

「好啊，」萊諾說，「如果你想要，歡迎也吃點臘腸，我還剩不少錢。」

「是嗎？」史瓦格說，立刻放軟了語調，「你最好當心點，布萊福這裡可是有混混急著想騙別人的錢。可是你別擔心，我會確保你受到妥當的照顧。」

「欸，你真體貼。」萊諾說，很高興對方這樣友善的提議。

史瓦格帶著萊諾離開廣場，走到一棟石砌建築，然後領著萊諾穿過布滿鐵釘的門口。萊諾一進室內，就開始又咳又嗆，急著想換氣。有十幾個人打扮得像他在橋那裡見過的那兩個人，他們要不是懶洋洋窩在角落裡，不然就是圍著木桌而坐，大部分嘴裡都啣著長長的陶管。煙從這些管子的末端頻頻竄出來，連鼻子跟嘴都是。

「失火了！失火了！」萊諾喊道，嚇得當場就要逃，但是史瓦格攔住了他。

「別怕，」史瓦格咧嘴笑著，要他安心，「一切都在我手下鎮警的掌握中，趕快來辦我們的小小正事吧。」

萊諾揉著被煙熏出淚水的眼睛，忐忑地環顧四周，還是很怕室內會突然爆出大火。不過，鎮警依然噗噗吐著煙霧，甚至一臉陶醉的模樣。桌邊的男人開始傳著顏色鮮豔的紙板，興致高昂地仔細端詳那些紙板。

史瓦格拉了把凳子過來，比比手勢要萊諾坐下。「好了，貓先生，我希望你不打算跟我胡扯雞鴨牛的故事。」

「不會的，」萊諾說，「這件事跟家畜一點關係都沒有。」他把剩下的硬幣擱在桌上，解釋錢是怎麼來的。

史瓦格眼神銳利地瞅著他。「唔，貓先生，你說的可能是實話，不過我很懷疑就是了。可是你小心點，別耍把戲，聽到沒？等等，先別動。」萊諾起身要離開的時候，史瓦格又補了一句。「你的護照呢？」

「護照？」

「你沒有嗎？」史瓦格說，「啊，我親愛的朋友，這樣是不行的。要是你打算待在布萊福，就得要有護照。那你的養狗證呢？」

「不管養狗證是什麼，我應該都不需要，」萊諾說，「越少跟狗扯上關係，越好。」

「沒錯，」史瓦格連忙回答，「貓先生，那麼你需要不養狗的證件，另外，使用街道也需要證件——」

有個鎮警突然狂咳起來，另一個鼓起臉頰，死瞪著天花板。同時，史瓦格在一張紙上記下數字，「加起來可要不少費用，」他說，「可是法律就是法律，像你這樣正派的傢伙不會想違法的。不過你運氣不錯，加總起來就是你這些錢。」

史瓦格撈起那堆硬幣，放進自己口袋，抽了幾張鮮豔的紙板遞給萊諾。

「喏，把你的證件拿去吧。」

「感激不盡，」萊諾說，對於避開觸法的風險鬆了口氣，「我很不想麻煩你，可是我肚子還是很餓，要是沒錢可以換吃的，我該怎麼辦？」

史瓦格先把舌頭往一邊臉頰內側戳去，再換另一邊臉頰，然後斜眼久久瞅著萊諾。「我真的相信你是百分百、天生的傻蛋。」

「不是，」萊諾回答，「我跟你說過，我是貓。」

「唔，好了，貓先生，」史瓦格回答，「你順著這條路往前走，會遇到一家叫加冕天鵝的客棧，那裡有布萊福最棒的料理，你直接走進正門，找到吉莉安小姐，然後要她把店裡最棒的飯菜端上來。」

「吉莉安小姐——她不會要我付錢嗎？」

「一毛都不會，」史瓦格邊說邊把萊諾推出門，「你只要摟住她的腰，給她一個紮紮實實、咂咂作響的吻就行了。」

萊諾到了街上，熱切地朝著史瓦格指出的方向出發，然後停下腳步，眉頭一皺。

「我忘了問，」他自言自語，「吻是什麼啊？」

06 吉莉安小姐掄起掃帚

萊諾轉身拉那扇門，卻發現已經鎖牢了。他聽到裡面傳出陣陣狂笑。雖然他大聲敲了半天的門，卻遲遲沒人過來。所以他走到街上，往前趕路，最後看到了一棟木頭跟灰泥建成的房子，門口上方掛了個板子，上頭有隻戴著金皇冠的白天鵝，一副好像隨時就要游走的模樣。萊諾往上一跳，用手掌一拍，卻發現表面是平的。板子搖搖晃晃、嘎吱作響，這時有扇窗戶打開了，一顆滿頭亂髮的腦袋探了出來。

「喂，你！你想幹嘛？」

「如果這是加冕天鵝——」萊諾開口。

男孩把圓呼呼的臉轉向萊諾，眨了幾次眼，最後回答：「都看到招牌上的天鵝了，天鵝腦袋上還戴著皇冠，你難道還會說這裡是『豬跟哨子』嗎？」

「你是吉莉安小姐嗎？」

男孩鼓起臉頰，翻了翻白眼，尖聲吹了個口哨，「當然是了！如果我是吉莉安，那你就是我家老阿嬤啦！我是奧伯特。要是你連我跟吉莉安都分不出來，我真是替你難過。」

萊諾穿過門口，大房間裡只見空蕩蕩的桌子跟板凳，壁爐裡沒生火，至於布萊福最精緻的料理，他既看不到也聞不到。奧伯特的腰間綁著長圍裙，瞟著困惑的萊諾。

「如果你不是吉莉安小姐，」萊諾說，「哪裡才找得到她？噢——趁我還沒忘記以前，你能不能告訴我，什麼是吻？」

「吻？」奧伯特嚷道，「現在我可以確定你腦袋有洞了！這是什麼鬼問題嘛！」

「你也不知道嗎？」萊諾回答。

「我當然知道！」奧伯特說。說到這裡，便噘緊了嘴，發出響亮的咂嘴跟啾啾聲。

「那個，」萊諾說，比之前更迷惑了，「就是吻啊？」

「是半個吻啦，你這笨蛋！」奧伯特回嘴，「另一半是別人負責的。你不能自己吻。你只負責一部分……噢，真受不了你，我搞不懂你這個人。讓吉莉安自己來應付你。」他指指客棧深處。「到那邊就會看到她了。看到你，她會滿開心的，噢，會滿樂的啦，甚至可以說，會樂到臉泛紅。」

萊諾去了男孩指的地方。那個房間排滿了空空的架子，吉莉安小姐就坐在擱板桌後方的凳子上，面前放了一疊紙，上頭寫滿了數字，她正仔細讀著。萊諾想起史蒂芬納斯大人說過，人類都長得一模一樣。萊諾這會兒判定，史蒂芬納斯大人肯定弄錯了。首先呢，吉莉安小姐沒鬍子，甚至沒有蓋滿史瓦格下巴那種泛青的鬍渣。她的臉龐相當光滑，一頭深色髮絲往後用紅緞帶紮起來，跟奧伯特那團亂糟糟的頭髮迥然不同。她的衣袖往上捲高，露出討人喜歡的渾圓手臂，事實上她全身上下似乎凹凸有致、體態豐盈。萊諾確定，他在布萊福見過的人們，沒人長成這副模樣。

他輕手輕腳湊了上去，吉莉安小姐沒聽到他靠近。最後她抬起頭來，看到萊諾就站在眼前，臉上卻毫無吃驚之色，只是定定盯著他問：「唔，你哪位？有什麼事？」

萊諾沒有分辨人類年紀的能力，只是猜想吉莉安要是隻貓，可能跟他年紀相仿。她沒有皺紋，額頭跟顴骨高聳的臉頰上有著點點金色跟黃褐色的雀斑，雙手看起來強壯能幹。「我主人叫我萊諾，我沒什麼事，可是我有東西要給妳。」

他猶豫了一下，他忘了問奧伯特，到底該怎麼把吻交給吉莉安小姐。她的眉毛、臉頰、鼻頭、下巴尖端全都近在咫尺，而且都很迷人。他模仿奧伯特那樣噘起嘴，用手臂摟住吉莉安的腰，穩穩又響亮地把吻印在她的嘴唇上。萊諾很高興自己挑對了地方，因為這裡感覺起來最棒，然後往後退開一步。

「好了，」他說，「現在我想來頓飯。」

吉莉安的臉還當真泛起紅暈了，就像奧伯特說的。女孩從凳子上跳下來，但沒拿吃的給他，而是狠狠呼他一巴掌，刺痛他的臉。接著從角落抓起掃帚。萊諾還沒搞清楚事情出了什麼岔子，就趕緊逃出房間，吉莉安緊追在後。他跳上壁爐上方的架子，杯子跟錫製酒杯被掃了下來。

吉莉安在下面對他揮著掃帚，一面嚷嚷：「看我給你什麼排頭吃！噢，等著下油鍋吧，包準你永生難忘！」

「我就是希望來點吃的啊。」萊諾說。

「下來！」吉莉安下令，「我從來沒見過你，可是你們這些鄉村來的風流男人都一個樣。趁著市集日，大搖大擺來到布萊福，色瞇瞇地看女生！你們一離開家鄉，就大膽起來。我已經有夠多事情要煩惱的了。看我怎麼教訓你，讓你吃不了兜著走！」

「有東西可以吃嗎？」萊諾回答，

舔著嘴唇，可是不想離開蹲踞的地方。「好耶，如果妳願意的話。別生氣嘛，剛剛是我頭一次給別人吻。要是我做得不夠好，我很樂意再試一次。可是其他的事情都沒問題喔，我的護照、不養狗的證件——」萊諾把那幾張紙板掏出來。

「梅花J？」吉莉安嚷道，「方塊老K？噢，看我怎樣對付你！」

「這些東西有什麼問題嗎？」萊諾問，「史瓦格先生賣給我的時候……」

「史瓦格？賣？你在說什麼啊？」

「他好心讓我買下這些，」萊諾說，解釋事情後來如何一帆風順，「我好感激他，我不想破壞你們這邊的法律，結果花掉了所有的錢，不過我運氣還不錯，錢還夠付。」

「你真的這麼蠢嗎？」吉莉安問，「如果史瓦格真的賣了你這些東西，就是狠狠剝了你一層毛皮！」

「不可能，」萊諾說，「我現在沒有毛耶。」

「少耍嘴皮子！」吉莉安揮著掃帚嚷道，「我沒心情聽你胡說八道。」

「真的啊！」萊諾堅持，「我是主人養的貓，是他把我變成人類的。」

「我有個舅舅以為自己是馬，」奧伯特一直在聽他們你來我往，這時打了岔，「他站著吃，站著睡，永遠要別人把他繫在馬車前頭。」

「你是貓是吧？」吉莉安怒叱道，「那就給我滾！」

「你最好快回家，」奧伯特同意，「叫主人端一盤牛奶出來給你，別在布萊福這裡到處跟人說你是貓。你這樣做只會有兩種下場，他們要不是相信你，不然就是不信。那些不相信你的，會想把你關起來。那些相信你的，可能會想辦法把你丟進水桶淹死。」

萊諾手足無措，正準備跳下來的時候，客棧大門喀啦打開，他謹慎地蹲伏在原地，看到有個頂著肚腩的矮男人走了進來。男人的腦袋幾乎都禿了，只剩幾綹灰髮。他的深色袍子沾著點點汙漬，皺巴巴的，布料因為久穿而磨得發亮。這個人解開背帶，從背上放下一個大型拋光木箱，上頭有幾十個抽屜跟小格子。接著，男人用髒兮兮的方塊布抹抹眉梢跟紅臉頰。

「Bona fides[2]，」他語調輕快地說：「在我們的醫學用語裡，就是祝大家今天好的意思——那個傢伙在壁爐架上幹嘛啊？」

「他是貓，」奧伯特回答，「他說的，是真是假，他自己才清楚。」

「是家貓嗎？」新來的男人問，「這個品種的貓，長得還真怪，就我看來，他明明是個年輕人啊。」

「明明就是，」吉莉安說，「我沒空也沒心情去理這種蠢人。我對賣貨郎也沒耐性。」

「賣貨郎？我可不是啊！」陌生人回答，「我可是名醫哪！一等一的！叫我塔貝里醫師就好。」

2 Bona fides：拉丁語，是正直、正派、真正的意思。但是塔貝里醫師為了展現自己的學問，喜歡用拉丁語或是自編類似拉丁語的字彙，但往往文不對題。

07 名醫塔貝里跟他的裝備箱

「噢，時代弄人、習俗弄人，」塔貝里醫師繼續說，「我來得正是時候，這個可憐傢伙犯的毛病是貓族妄想症，這種病滿常見的，我在旅途上三不五時就會碰到。」

他動作靈巧地鬆開木箱底部的幾個銅鉤，放下來就成了四根腳，木箱搖身成了桌子。接著他再繫上另一個區域，將那裡變成窄小工作檯，然後在上頭放了研缽跟搗杵，還從一個隔間裡取出幾只瓶子跟燒杯。

「這就是我的裝備箱，」塔貝里醫師得意地說，「多虧有它提供獨一無二的資源，我才有辦法供應這麼完整的萬靈丹、藥劑跟藥膏給人類或獸類。不過，首先我要先找到客棧主人，向他致意一下——」

「你的意思是，向她致意吧，」奧伯特說，「吉莉安本人就站在你面前。」

「客棧女老闆，」塔貝里醫師說著便莊重地鞠了個躬，「妳真是個幸運的女子，要是妳湊巧有麻疹、肉贅、消化不良、落髮、水腫——」

「我犯的是蠢人跟混混的病，」吉莉安回答，「他們害我頭痛，現在就在痛。」

「Dolus cranius[3]？棒極了！」塔貝里醫師滿足地露出燦爛笑容，「Fiat

3 塔貝里醫師為了突顯自己的博學，常說些讓人摸不著頭緒的自創拉丁文。

lux——算妳運氣好，讓我幫妳調配一帖我的獨門萬靈丹吧。用外行人的說法是：塔貝里萬用藥，它是一帖價值連城的藥方。不過呢，我會免費送給妳……啊！只盼能在此借住一宿，在食堂裡吃頓分量適中的膳食。」

「先是來了個傻子，現在又來個騙子！」吉莉安把雙手往上一揮，「出去！出去！這裡沒東西可以給你，即使你付得起也沒東西。」

「沒錯，」奧伯特鬱悶地插了話，「我們自己都缺糧了，只能勒緊褲帶。尤其是我，有一頓沒一頓的，以後可能會長不高。」

「這是怎麼回事？」塔貝里醫師問，「竟然連客棧主人跟打雜的都在餓肚子？」

同時，萊諾從架子上謹慎地跳下來。「史瓦格先生告訴我，你們供應的飯菜是布萊福最好的。」

「沒錯，」吉莉安回話，「或者應該說，原本是這樣沒錯。現在我的櫥櫃裡幾乎連一小塊麵包都不剩，還不都是波斯維鎮長的關係。」

「我還是小貓的時候，」萊諾說，「史蒂芬納斯大人以前都會抱怨，說我都快把他家吃垮了。這個叫剝皮還是剝絲的傢伙，不管你們怎麼叫他，他對妳怎樣了？他的胃口一定大得不得了！」

「沒錯！他就是死愛錢，」吉莉安回話，「那個貪財鬼！橋、收費閘門，都是他的，鎮上有一半的房子都抵押給他了，現在他還想把加冕天鵝吞掉。我父親過世以後，波斯維就費盡心機想毀掉我的生意，想害我關門大吉。他要逼我放棄，把客棧拱手讓給他，我一直卯盡全力抵抗他。」她忿忿不平繼續說：「可是照事情發展的狀況看來，他遲早都會如願以償。」

「他派史瓦格跟手下打破我們的窗戶，」奧伯特說，「還砸破我們的杯盤，把碎布塞進我們的煙囪——」

「沒錯，害我們還得花錢修理，」吉莉安說，「結果連買肉或買酒的錢都不剩，而且不管上哪裡都買不到東西，因為鎮上唯一的債主就是波斯維！商人都不敢讓我賒帳，因為他們都欠波斯維錢。所以我的客棧只好歇業了，根本沒辦法再開張。食堂裡沒吃的，還有什麼用？」

「所以重點就是，」奧伯特說，「如果你想要吃，得自己想辦法去找。」

「找？」萊諾說，「好啊。」

「有種就去啊！」吉莉安挑戰，「我就跟你們兩個談個條件。你們拿東西來讓我煮，我就煮給你們吃。不管拿什麼來，我都會說話算話。我會做出布萊福或任何地方最美味的菜色。」

「我也會幫你們吃，」奧伯特說，「我說話算話。」

塔貝里醫師搓搓大肚皮。「把握當下——我今天連一口飯都還沒吃哪！唔，年輕人，看來我們兩個是難兄難弟啊。如果你想填飽肚皮的話，一起來吧。就請吉莉安小姐幫忙，好好看管我的裝備箱到我們回來為止。我向你們保證，我們動作會很快。我建議這位機警聰明的年輕人趁這個空檔，先把火生了，確定鍋碗瓢盆都備好了。」

語畢，塔貝里醫師再次鞠躬，腳步輕快地走出客棧，萊諾跟了上去。到了外頭，名醫前後觀望這條街。

「好了，小子，咱們的首要任務，就是找到當地的肉販。」

「簡單，」萊諾回答，抬高腦袋嗅了嗅，然後向塔貝里醫師招手，「往這邊走。」

「Nosce tempus——好厲害的鼻子。」塔貝里醫生欣賞地說。

萊諾毫不遲疑地領著他轉了個彎，再轉一個彎，最後到了一個開放式的攤子，有個穿白圍裙的男人正忙著切牛的半邊肉。

「好了，剩下的交給我。」

「除非你付他錢，否則我想他不會給你肉，」萊諾警告，「布萊福這裡似乎都這樣。」

「馴服貓的方法不只一種，」塔貝里醫師說，然後馬上補了句，「用這個說法真糟糕，請見諒。」

塔貝里醫師面帶自信的笑容，大步走向屠夫。「你好啊，先生。我很榮幸能夠代表吉莉安小姐，邀請你以貴賓身分到客棧作客。」

「怎麼，加冕天鵝又開張啦？」屠夫回答。

「快開了，」塔貝里醫師向他保證，「就今天。我相信你一定可以撥冗過來參與盛會吧。吉莉安小姐打算料理可口的 Pro Bono Publico[4]。你啊，先生，當然知道那道菜她煮得有多好，我都流起口水了！」

「我也在流口水了！」屠夫嚷道，「噢，我會到場的！一定會！我等不及要嚐嚐那道 Pro Bono ——不管你叫它什麼。」

「既然你提起了肉骨（bone）[5]，」塔貝里醫師回答，「要把那道菜煮得盡善盡美，還需要一個東西。需要有濃郁的好骨髓。唉，吉莉安小姐的廚房裡正好沒有。可是無所謂啦，沒有骨髓，她還是可以煮啦。」

4 拉丁文，免費或減價提供公共服務的意思。在這個故事裡，塔貝里醫師為了顯示自己很有學問，喜歡自創拉丁文，或是文不對題地使用拉丁用語。

5 英文的骨頭 bone 跟 bono 發音相近，塔貝里醫師聽成了 bone。

「因為缺了肉骨，破壞一道料理？」屠夫回答，「那可不成啊！我會提一整籃去給她。」

「太棒了！要是你記得的話，順道帶幾隻雞過來吧——醬汁會更有滋味的。」塔貝里醫師說，離開的時候，開心的屠夫已經開始忙著往籃子裡放東西。

塔貝里醫師沿著街道趕路，萊諾跟在他旁邊。「好了，小子，看看你能不能找到蔬菜攤。」

「往這邊走，」萊諾邊說邊替名醫帶路，「我可以聞到紅蘿蔔跟包心菜——還有洋蔥的味道。」

「不可思議的鼻孔！神奇的鼻子！」塔貝里醫師驚呼，「你這招是哪裡學來的？」

「簡單，」萊諾說，「只要是貓都辦得到。」

「噢——啊，對，當然的，當然的。」塔貝里醫師同意，往萊諾輕鬆找到的蔬菜攤走去。

在這裡，名醫對菜販發出跟屠夫一樣的邀請，對方一樣熱切地接受了。不過，這一次塔貝里醫師補了一段話：「不過啊，吉莉安小姐恐怕缺了歐芹，那可是整份食譜的祕方啊。噢，沒加歐芹，這道料理也是滿好吃的啦。當然不會那麼好，可是勉強過得去。」

「如果她就缺歐芹而已，」菜販回答，「到時我抱一大束過去給她！」

「還是缺洋蔥？」塔貝里醫師皺著眉頭，搔搔下巴，「不，我確定缺的是——蕪菁。不過，也可能是紅蘿蔔，還是四季豆？」

「要是你不記得缺了哪種，」菜販回答，「那我乾脆每種都帶點過去好了。」

「好妙的點子！」塔貝里醫師嚷道，「當然了！你在準備這些材料的時候，乾脆裝個幾布袋，好確定分量夠多。」

萊諾的鼻子接著帶他到烘焙坊去。烘焙師傅聽到自己受邀參加吉莉安的盛宴，喜上眉梢。

不過，塔貝里舉起手指警告：「可別失望喔。我一定要老實告訴你，我想吉莉安小姐那邊的麵包不夠，到時沒辦法沾肉汁起來吃。唉，肉汁可是她那道 Pro Bono Publico 的精華啊。」

「噢，我可不想錯過肉汁，」烘焙師傅舔著嘴唇說，搓著沾滿麵粉的雙手，「你說缺麵包是吧？我會帶一堆過去，多到可以把整片肉汁海洋吸乾。」

「可能也需要幾個蛋糕跟派餅，」塔貝里醫師評道，「一打上下應該就夠了。」

萊諾領著塔貝里醫師從烘焙坊走到釀酒場，名醫在那裡發出同樣的邀請，並且補充，「吉莉安小姐的 Pro Bono Publico 當然會很美味，不過味道可能會淡一點，因為缺了一滴可以增添風味的麥酒。」

「缺了調味用的一滴麥酒？」壯碩的釀酒師驚呼，「等酒桶加上龍頭之後，我乾脆帶整個酒桶過去好了！」

賣魚婦、酪農女工、酒商，都跟其他生意人一樣，二話不說，熱切地接受邀請。也像其他人一樣，他們也開心地主動說要帶塔貝里醫師提議的物品，額外加上更多東西。最後，名醫跟萊諾趕回了加冕天鵝。

在那裡，奧伯特展開雙臂迎接他們。「來吧，讓我幫忙拿你們帶回來的好料吧。咦?藏哪去了?在口袋裡嗎?還是多到抬不回來?我想鎮上每個生意人到時都會主動送吃的過來。」

「所有的生意人我們都邀請了,他們隨時就會到。」萊諾要奧伯特放心。他趕緊去找吉莉安。「塔貝里醫師向大家保證說,妳會替他們煮一道Pro Bono Publico。」

「什麼?」吉莉安嚷嚷,「你們這兩個流氓在打什麼餿主意?就跟你們說了,我儲藏室裡的東西根本不夠拿來煮東西,更不要說什麼——什麼,不管你說的是什麼啦!」

「用外行人的說法就是『燉菜』,」塔貝里醫師回答,「相信我,到時妳要的材料全都會拿到手。」

08 加冕天鵝的訪客

「可是我們忘了一件事，」萊諾突然憂心地說，「我們忘了請波斯維鎮長過來！我們應該邀他來的。如果他跟你們說的一樣貪心，一定會想來的。」

「對啦，等著他來破壞一切，」吉莉安回答，「他是布萊福最大的惡棍，要是讓他踏進這裡一步，我絕對拿東西丟他！」

吉莉安還來不及說更多，奧伯特就興奮地指著街頭。屠夫、菜販、烘焙師傅跟其他人都朝客棧趕來，不是扛著籃子跟布袋，就是推著載滿糧食的手拉車。

吉莉安跑出來迎接這些意外的訪客，要大家耐著性子等她準備這場盛宴。奧伯特急忙斟酒杯，萊諾跟塔貝里醫師忘了要吃飯，以最快速度投入備料工作，削馬鈴薯皮、切包心菜、切紅蘿蔔片。吉莉安輪流攪動六個煮鍋，試嚐菜餚的味道，添上佐料，彷彿長了五頭六臂。等她的燉菜悶煮到完美的地步，餐室早已擠滿了鎮民。不只是受邀前來的生意人，還有自費的客人，因為加冕天鵝重新開張的消息已經傳了出去。連鎮上的樂手都來了，一聽到活潑的曲調，男男女女從桌邊跳起身，使勁摟住對方，開始以最快的速度旋轉。

「快攔住他們！」萊諾嚷道，「他們會弄傷自己的！」

「不可能啦！」吉莉安好性子地嘲笑萊諾的驚恐反應，「你沒跳過舞嗎？來吧，我教你怎麼跳。」

吉莉安離開她的燉鍋，抓住驚愕的萊諾，領著他在房間裡跳動旋轉。萊諾不久就學會怎麼隨著音樂移動腳步，轉眼間，他跟吉莉安就比房間裡的任何一對男女跳得更輕盈也更優雅。

這時音樂戛然而止，門猛地打開。尋歡作樂的人們頓時鴉雀無聲。

吉莉安放開萊諾，雙手叉在臀上，直直望著剛剛出現的人，並且說：「什麼，是波斯維鎮長閣下嗎？想一同享受這場盛宴嗎？」

眼前是個雙腿細瘦、肩膀窄小的矮男人，他臉色灰黃、鼻子尖削，嘴巴皺得跟李子似的，萊諾覺得好意外。男人穿著綴著皮毛的紅袍子，乾癟脖子掛著黃色金屬做的厚重鍊子，閃著金光。

「波斯維鎮長？就是你啊？」萊諾說著便湊了上去，非常好奇地端詳這號人物，「布萊福最大的惡棍？可是你看起來好小一個！」

波斯維的下巴一掉，鼻子抽動，臉頰一陣紅一陣白，只發得出悶住的嘖嘖聲跟喘氣聲，一個字也擠不出來。

「你身上也沒多少肉，」萊諾繼續說，「要是你那麼貪心，不是應該更胖嗎？還有那條項鍊——掛在脖子上很重吧。是黃金嗎？你真的有胃口吃黃金？你應該試試吉莉安的 Pro Bono Publico，比較好吃喔。」

鎮民哄堂大笑。波斯維終於找回了聲音，吞吞吐吐地說：「無禮的兔崽子！自大的小伙子！」

「兔子？」萊諾抗議，「我才不是呢！」

「別擋路！」波斯維下令，踏進了食堂，站在那裡怒瞪吉莉安跟這整群人。「就跟我猜的一樣，我就知道我會在這裡找到什麼。布萊福每個愛嚼舌根的人都到這裡來了！」

「是嗎？」吉莉安反駁，「這裡只有你的舌頭閒著啦。」

「放肆的姑娘！」波斯維嚷道，「妳的客棧專門窩藏一些愛惹是生非、什麼都看不順眼的人！」他的腦袋在綴有毛皮的衣領上往前伸得老遠，瞅著整群人。「那邊那個！噢，我看到你了，托立佛先生！」

波斯維一副要被自己講的話嗆死似的，臉色青灰地指著另一個客人，那個灰髮男人穿著深色短外套，披著精緻披風。「還有你，富勒先生！你可是鎮議員啊！丟不丟臉，竟然跟這些廢物打交道！」

「丟臉？」富勒先生以平靜的語調回答，直視波斯維的眼睛，「先生，你要說別人丟臉以前，先瞧瞧自己的作為。」

「給我安靜！」波斯維怒叱，「等議會開會的時候，我再來對付你。至於妳，姑娘，看我怎麼跟妳算帳。」他轉身呼喚：「史瓦格！把客棧全部淨空！」

「可惡透頂，」富勒先生邊站起身邊說，史瓦格跟一群鎮警扛著十字弓，硬是闖進了食堂，「你們沒有權利──」

「我有權利，」波斯維反駁，「也有責任趕走這些無賴跟混混！」

波斯維轉過身去，重重地踏步離開食堂。客人憤慨地連聲抗議，卻也只能乖乖聽從鎮警，從加冕天鵝被驅趕出去。

「瞧瞧這裡還有誰？」史瓦格叫道，瞥見了萊諾，「貓先生，怎麼又是你？還不快快回家，免得尾巴被踩到。」

「吉莉安說你把我當鴿子拔了毛，」萊諾回答，「我想她的意思是白白拿走我的錢。如果可以，我想把錢要回來。我自己是用不上啦，可是吉莉安可能用得到。」

「就一個村莊白癡來說，你還真是厚顏無恥，」史瓦格回話，「想把你的錢討回去？喏，我給你更好的東西！」語畢，史瓦格朝萊諾的腦袋揮了一拳。

雖然史瓦格動作迅捷，可是萊諾銳利的眼睛早已察覺對手的意圖，輕輕鬆鬆就閃躲開來。萊諾的靈活度惹惱了史瓦格，史瓦格脹得滿面通紅，用全身撲向萊諾。萊諾用手撐著，跳越過桌子，輕盈地雙腳著地。史瓦格滾了一圈，跌了個狗吃屎。

「了不起！」塔貝里醫師看到萊諾的防禦力滿強的，於是喊道，「厲害喔，小子！」

史瓦格坐起身，一邊揉著頸子，一邊怒瞪著萊諾，然後靠單腳跪起身，手迅速伸向腰帶，三兩下拔出一把短刀，朝萊諾的喉頭射去。

萊諾再次閃躲開來，短刀錯過目標，但劃傷了他的腦袋側面。他往後踉蹌，發出震驚又痛苦的叫聲。塔貝里醫師上前要幫萊諾的忙，史瓦格急著奪回武器，於是將醫師一把推開。

不過，史瓦格還來不及抓住短刀，吉莉安就已經掄起掃帚。她攻擊史瓦格的方式，彷彿對方是她需要大力清掃的髒地板。史瓦格抱頭喊痛，拔腿衝出了客棧門口。吉莉安緊追在後頭，最後一陣狂敲亂打，想送他更快上路。

同時，萊諾已經蹣跚站起身來，瞪著那把短刀。「那種東西滿危險的，史瓦格應該更小心才對。」

「要是他更小心，」奧伯特評道，他原本躲在桌下觀戰，現在從桌下爬了出來，「他就會直接刺進你的氣管。」

「哎——哎，那我不就沒命了嗎！」萊諾驚呼。

「的確沒辦法長命百歲，」奧伯特說，「不然你以為他想幹嘛？」

萊諾驚恐地下巴一掉。「布萊福這裡的人會殺自己的同類？這比史蒂芬納斯大人告訴我的還糟糕！這些生物是怪物！」

「唉，這種事很平常啊，」塔貝里醫師說，「要是你對人類想除掉對方這件事覺得驚訝，我想你一定是貓沒錯！不然就是你腦袋瓜受的傷比表面看來還深。喏，小子，把這個喝了，」他補了一句，從裝備箱裡端出一杯琥珀色液體給萊諾，「這個會讓你恢復健康。」

萊諾一灌下去，雙腿馬上發軟，最後仆倒在地。吉莉安拋開掃帚，跪在他身邊。

「白癡！」她對名醫吼道，「你對他怎樣了？」

「啊——唔，」塔貝里醫師對自己藥水的效果疑惑不已，「看來，這帖塔貝里藥水，在調配上出了點小差錯，弄成舒緩糖漿了。可是別怕，世間榮華瞬息即逝，這種狀況來得快也去得快，他明天就沒事了。」

無論萊諾多麼努力，也站不起來。吉莉安讓他把頭靠在自己懷裡，輕柔地撫搓他的眉梢。萊諾忘了自己的不適，漾起幸福的笑容。

「他快噎死了！」吉莉安警覺地高呼。

「我是在呼嚕啦。」萊諾呢喃。

「夠了！」吉莉安劈頭說，「再來我就要相信你真的是貓了！我竟然像個大笨蛋，坐在這裡寵你！奧伯特！塔貝里醫師！趁他還沒想溜到屋頂上遊蕩以前，快點把他弄上床去！」

之前吉莉安輕撫萊諾的腦袋時，萊諾早已閉上眼睛，心滿意足地享受著。等他再次張開眼睛，發現自己在一個小臥房裡，身上蓋著鵝毛被。他從床上起身，雙手抵在抽痛的太陽穴上，望出窗外，瞥見幾道曙光。

「史蒂芬納斯大人！他會對我大發脾氣的！」

萊諾爬下床，在脖子上的皮製小袋裡撈找。樓下院子傳來腳步聲，他停住動作。他還因為塔貝里醫師的藥水而暈頭轉向，只能踉蹌地走到窗邊。他探出身子，瞥見十幾個左右的人影，每個人手裡好像都拿著空布袋。他揉揉雙眼，認出那些人影就是鎮警，不過下一分鐘他們就失去蹤影了。

萊諾納悶，剛剛看到的景象是不是名醫的藥物引發的幻覺，於是又把

皮袋束起來。他好奇心一起，決定爬過窗戶，往下跳進客棧院子。但藥水讓他腦袋昏昏沉沉，只夠踉蹌回到床上的力氣。

當他再次醒來，天光早已大亮。他打了哈欠，伸展手腳，舒服地抽抽鼻子，想到等會兒有一碗溫牛奶可以喝，就舔了舔嘴唇。史蒂芬納斯大人總是會準備牛奶給他喝。接著他坐直身子，想起自己是誰，想起自己身在何處。

他跳站起身，連忙踏出臥房，走下一段階梯。他在廚房那裡找到吉莉安，她滿頭亂髮，臉頰髒兮兮。

「唔，你看來是比之前好了，」吉莉安對他說，「要是加冕天鵝也是就好了。我們有了新客人。」

「是鎮警嗎？」萊諾問，「我凌晨在院子裡看到的那些人？他們拿著袋子，可是沒待多久。」

「那就是了！」吉莉安激動地說，「我就知道是波斯維搞的鬼，還有史瓦格。那些惡棍一定忙了大半夜！我真希望你是貓。他們在我的地窖丟了一大堆老鼠。」

09 地窖之戰

「老鼠？」萊諾豎起耳朵，雙眼發亮。

「有幾十隻！幾百隻！」吉莉安氣憤地嚷道，「多到我應付不來！牠們目前在地窖裡，接著就會跑到儲肉室、儲藏櫃、廚房，跑到整棟房子裡的每個房間去。」

「我親愛的姑娘，不會的，」塔貝里醫師插話，他剛醒來，一下樓就聽到吉莉安情緒爆發，「我的裝備箱裡有東西，可以一刻也不拖延地把那些討厭的害蟲趕出客棧。之後，如果妳堅持的話，我會很樂意接受一點特製早餐。」

「別麻煩了，」萊諾說，「我可能不懂什麼是吻，可是老鼠我可瞭解了。」

「一點都不麻煩啊，」塔貝里醫師回答，從好幾個抽屜拿出材料，倒進了混合藥劑用的缽，動作輕快地攪拌著。「塔貝里專用滅鼠劑準備起來很輕鬆，以『塔貝里鼠毒』的藥名紅遍天下。」

博學的醫師從裝備箱的小格子裡取出一小管綠色液體，拔出塞子，倒了不少進缽裡。那帖調劑馬上發出嘶聲，熱氣升騰、汩汩冒泡，滾滾沸沸，像火山一般噴湧不停地溢出了容器。塔貝里還來不及把這帖藥劑潑到地上，自己就從頭到腳濺得一身是。

奧伯特驚慌大喊。萊諾跟吉莉安很怕塔貝里醫師會燙傷，連忙跑過來幫忙。所幸博學的醫師毫髮未傷，只是原本又髒又皺的袍子，現在變得一塵不染，不見一絲塵土或汙垢。這件衣物的皺褶無影無蹤，彷彿不曾有人穿過。

萊諾的靴子也濺了點塔貝里醫師調製的藥劑，現在發著蠟亮的光澤，皮革突然變得更柔軟、更有韌度，穿起來比以往舒適得多。

「這下好了，」奧伯特咕噥，「我們會有布萊福裡最乾淨的老鼠。」

「帶我去地窖，」萊諾催促吉莉安，她已經失望地轉過身去，「相信我，我很快就會把老鼠都趕出去。」

「反正再怎樣也不可能更糟。」吉莉安嘆口氣，牽起萊諾的手，領著他穿過廚房到了一扇厚重的木門前，然後謹慎地把門打開。她點亮蠟燭，交給萊諾，然後往下指著一段石階。

萊諾急切地踏進地窖之後，又謹慎地停住腳步。那些眼睛如豆的生物蹲踞在木箱跟酒桶上，或是在酒瓶架子上蹦蹦跳跳，在角落裡鑽進鑽出，吱吱尖叫不停，數量超過他的預期。

一看到萊諾，有些老鼠靠著後腿站起身，仰起口鼻，露出尖如針的牙齒，看他敢不敢更靠近。

他怒瞪那一大群老鼠片刻。牠們的臭氣讓他鼻孔抽動，心跳加速、怦怦猛跳，他咧開嘴巴、咬緊牙關，從喉嚨深處發出有威脅意味的低沉咆哮，音調越竄越高。他繃緊了全身上下的肌肉，蹲伏下來，腦袋往前推，接著往前一躍。

儘管老鼠齜牙咧嘴著，他兀自揪起一隻超大隻的老鼠，狠狠甩動，讓牠飛越空中，接著撲向其他老鼠。萊諾忘了史蒂芬納斯已經把他變成人，他火冒三丈地吐氣低嘶，目露兇光，雙手彷彿再次冒出了爪子，發出高亢的戰呼，左右揮擊不斷。

原本尖聲吱叫不斷的老鼠，個個開始發出恐懼的尖鳴。那些生物衝向階梯，咬著彼此的尾巴跟腳掌，爭先恐後地急著逃離這隻巨貓。牠們穿過食堂，奔上階梯，然後進入了街道，萊諾發出怒吼，追了上去。

看到川流不息的老鼠大軍在鋪石地上奔跑，有些主婦嚇得拋下購物籃，尖叫逃離，有些主婦目瞪口呆，抓緊裙子跟圍裙。裁縫師張大嘴巴，呆呆地站在店鋪窗前。製帽商猛力關上護窗板，菜販踉蹌往後躲進一籃籃蔬菜之間。

萊諾猛追著那些老鼠時，腦袋裡想也沒想到吉莉安、布萊福、塔貝里醫師，甚至是史蒂芬納斯。他的血液湧上腦袋，一心只想用牙齒咬住敵人。

奧伯特跟在暴怒的萊諾身邊一起追，害怕地頻頻瞥向萊諾。

川流不息的老鼠並沒有在鎮上四處流竄，而是朝同一個方向奔逃。現在，布萊福鎮上的貓咪也全都加入了這場追逐戰。有黑貓、白貓、虎斑貓、玳瑁貓、薑色貓、短尾貓、長尾貓，兵分兩側跟著追逐，迫使老鼠直直往前狂奔。

萊諾終於恢復鎮定，讓那些幫手繼續去追，自己回到了加冕天鵝。

「看吧！」他得意洋洋地對吉莉安呼喊著，「就跟妳說我會除掉那些傢伙！」

吉莉安驚愕極了，還來不及回答，塔貝里醫師就拍拍萊諾的肩膀。

「棒極了！欸，一時片刻我還真以為你長了尾巴跟鬍鬚呢！小子，你靠那種技能就可以賺進一大筆錢啊，我裝備箱裡的東西沒一樣比得上。我馬上就雇你當首席捕鼠人。」

到了這時，奧伯特已經放棄追逐，一路跑進加冕天鵝。「那些老鼠！牠們幹了好事——」

「不會又跑回來了吧？」萊諾問，「牠們才不敢呢！」

「噢，牠們是都走了啦，」奧伯特回答，「每隻都是，跑光光。全都進了波斯維的家！」

10 萊諾該回家了

「牠們去那裡最適合了！」萊諾嚷道，很高興又多幫吉莉安一個忙。

「以後他在耍花招以前，會多考慮一下，」吉莉安說，用欣賞的眼神望著萊諾，「你說你是貓？我會說你是老虎！」

「經過這番勞動，」塔貝里醫師打岔，「總是有胃虛的危險，也就是有害健康的飢餓感。要是不好好處理，可是會引發嚴重的身體衰竭啊。事實上，我怕我可能就會得到這種病。」

「那麼來吧，」吉莉安說，「我弄東西給你們吃，折騰了一個早上，我們都需要好好吃頓早飯。」

只有前晚盛宴剩下的菜餚：吃剩的雞、一些麵包跟乳酪。塔貝里醫師急著躲避他告誡過大家的那種危險，心無旁鶩地埋頭清空盤子、填飽肚腩。萊諾竟然沒什麼胃口，連他自己都覺得意外。

「史蒂芬納斯大人一定在納悶，不知道我出了什麼事，」他說，「我當初跟他保證說，我會準時回家去，現在，我想我非上路不可了。」

「如果你非回去不可，」吉莉安遺憾地說，「即使我想，也不會硬要挽留你。況且，波斯維跟史瓦格會找你算帳的。你越早離開布萊福鎮，越安全。」

「那些壞蛋也不大喜歡我，」塔貝里醫師說，「我們兩個最好快點離開。不過，如果史瓦格派鎮警來追捕我們，要離開可就難囉。」

「對我來說滿容易的，」萊諾說，「史蒂芬納斯大人是個巫師，我離開以前，他給了我一根許願骨。」

「他還真慷慨，對吧？」奧伯特打岔。

「他跟我說，要是我遇上麻煩，可以把骨頭折斷，許下回家的願望，」萊諾繼續說，「然後我眨眼間就會回到家。」

「恕我直言，」塔貝里醫師說，「可是我懷疑你主人以前是在哪當學徒的，肯定是跟什麼鄉下煉金師，還是鄉間術士學的吧？只要是合格的巫師都知道不可能有那種事。許願骨？可以把你送到——啊，噢，小子，那太荒唐了！你有的一定是 patella funicularis ——也就是鳳凰的膝蓋骨，才可能有這種效用。」

「我確定這種事情你一定很懂，」萊諾恭敬地說，「可是我不相信主人會給我沒效力的許願骨。」

「這骨頭會送你飛進天空嗎？」吉莉安皺起眉頭，「你又開始胡思亂想了。也許你最好留在這裡，多休息一會兒。我想你的狀況還沒好到可以踏上旅程。」

「這種問題很容易解決，」塔貝里醫師說，「讓我瞧瞧你說的那個東西吧，我一眼就可以看出是真是假。」

萊諾解開衣領，把手伸進皮袋，接著倒抽了一口氣——袋子竟然空空如也。

「許願骨不見了！」他嚷嚷，跳站起身，氣急敗壞地搜尋口袋、翻查衣服，甚至檢查了靴子頂端。他匍匐在地，開始一寸寸檢查地面，邊嗅聞邊查看每個角落。

「我們最好配合一下，」塔貝里醫師對吉莉安小聲說，也對奧伯特比比手勢，要大家裝出幫忙尋找的樣子。「就我看來，他是得了許願骨妄想症。我來調配一帖解毒甜劑吧。」

不過，名醫還來不及拉開裝備箱的抽屜，奧伯特就喊道：「在這裡！」

萊諾感激地從奧伯特手中接下許願骨，正準備把這個法寶遞給塔貝里醫師，可是此時名醫跟吉莉安正瞪著敞開的門口，以及波斯維鎮長的暴怒身影。

削瘦的鎮長依然戴著睡帽，拖到腳邊的長睡衣上披了正式的袍子，金鍊掛歪了。他直接往萊諾走去的時候，皮毛鑲邊的拖鞋差點從腳上飛出去。

「你！」波斯維暴跳如雷，尖聲說道，「你放老鼠進我家來！牠們把眼前可以看到的東西全都啃光了！我儲肉室裡的食物！好幾袋麥芽！好幾大塊培根！全部！全部！可是我會要你還來的！看我怎麼判你罪。到時每一分錢都給我還來！毀損！罰金！懲罰！」

「壞心的小老頭，」吉莉安高呼，「滾出我的客棧！毀損？審判？把那些老鼠帶上法庭啊！」

「別激動，先生，別激動啊，」塔貝里醫師插話，波斯維的鼻子顫抖著，臉頰好似故障的鼓風器，反覆鼓起又癟下去，「你會害自己中風的。大白天就這樣暴怒——別在一天這麼早的時候就發脾氣嘛。好了，先生，讓我量量你的脈搏。」

名醫塔貝里說著，便用一手握住波斯維鎮長的手腕，另一手試著撬開對方的嘴。「先生，你的舌頭，配合我一下，伸出來吧。啊，就跟我懷疑的一樣：肝火突然太旺。可是千萬不用怕！我有辦法治療。」

波斯維猛力把手腕從塔貝里醫師那裡抽走，使勁把博學的醫師推開，對著萊諾揮拳。「我會把你丟進大牢！關上好幾年！」

「抱歉，」萊諾回答，「我沒辦法讓你這樣做，我主人真的會對我失去耐性。」

這種大刺刺的放肆態度讓波斯維氣得七竅生煙，整個人撲向萊諾，萊諾趕緊伸手抵擋攻擊，揪住能到手的第一個東西——鎮長的鼻子，使得率先發動攻擊的鎮長在一隻手臂的距離之外踢動掙扎。

「襲擊！毆打！嚴重的肢體傷害！」波斯維尖叫，「救命！史瓦格！史瓦格！」

塔貝里拉開裝備箱的抽屜，拿出好幾個管子，拼組起來之後，一端塞進柱塞，另一端套上附有針尖的頂蓋。

波斯維鎮長瞥見塔貝里醫師拿著這樣的器材走來，於是擠出最後一絲力氣，掙脫萊諾的手，踉蹌穿過門口並踏上街道，高聲呼喊史瓦格、鎮警、鎮議會跟布萊福的消防隊。

「萊諾，他是說真的！」吉莉安嚷道，「他會把你丟進牢裡——或者做出更過分的事。別再等了，快走！就現在！」

塔貝里醫師跟奧伯特也這樣催促，萊諾猶豫地點點頭，「如果你們都覺得這樣最好——」他轉向吉莉安，「在我走以前，如果妳不介意，我想再試吻一下。」

萊諾沒等女孩回答就說到做到。吉莉安就跟之前一樣，面泛紅暈。萊諾咬牙等著對方朝他臉上一摑，但這一次並沒有。

「再會了，朋友，」萊諾說，「我很想再看布萊福一眼，可是很遺憾，我必須離開你們身邊，就在我對吻越來越拿手的時候——」

「塔貝里醫師，跟他一起走吧。在他安全回到自己所屬的地方以前，千萬別讓他離開你的視線，」吉莉安說，「要是放他單獨行動，肯定又會捲進什麼麻煩。」

「不需要，」萊諾舉高許願骨說，「我有這個啊，瞬間就能回到家。」

他退後一步，緊緊閉上眼睛，許下回到史蒂芬納斯大人身邊的心願，然後將許願骨啪擦折成兩半。

下一刻，他睜開雙眼，眨巴著眼。他竟然還在原地，半寸不曾稍移。

11 逃出布萊福

萊諾茫然盯著手裡的斷骨，吉莉安抓住他的肩膀猛晃：「現在你總算會聽我的話了吧？」她轉向塔貝里醫師，「只要把他帶出布萊福，隨便去哪裡都好，快！」

「史瓦格來了，」奧伯特警告說道，他一直探出食堂窗外觀望著，「波斯維跟在他身邊，鎮警也來了一半。」

塔貝里醫師急急忙忙把桌上吃剩的東西收起來，塞進了裝備箱，將箱子扛在背上。吉莉安揪住困惑的萊諾，硬是將他轉過身，推他穿過廚房，然後把他從後門趕進窄巷。

「出了什麼問題？」萊諾結結巴巴地說，「史蒂芬納斯大人明明告訴我——」

「人生苦短！」塔貝里醫師驚呼，「快逃命啊！」

萊諾回頭瞥了吉莉安最後一眼，然後任由名醫拉著他往前。兩人跌跌撞撞穿過巷子。萊諾對於毫無效用的許願骨感到絕望，塔貝里醫師則是在裝備箱的重壓之下氣喘吁吁。雖然塔貝里醫師走路的速度比萊諾原本想的還快，但很快就後繼無力，胖呼呼的臉頰脹得通紅，痛苦地喘著要換氣。

萊諾看到同伴這麼吃力，於是停下腳步，從博學醫師的肩上提起裝備箱，將背帶套上自己的肩膀。兩人再次出發，塔貝里醫師解除了重擔之後，快速擺動短腿，以便跟上萊諾的闊步。

萊諾根本沒去想該往哪走，只是憑著天生的方向感。雖然他對布萊福所知不多，但還是快步往前。對於目前所在位置、該往哪裡走，他都相當有把握。不一會兒，他就看到市場在前方，遠端則是布萊福橋。

「我們過橋吧，」他對塔貝里醫師喊道，「要離開布萊福，那是最快的方式。」

接著萊諾怒氣上衝，瞪大雙眼。史瓦格領著一群鎮警到客棧去了，同時留下另一隊在廣場上負責巡邏。萊諾拖著塔貝里醫師，卯盡全力衝刺，一路奔向那座橋。鎮警大聲喝令要逃亡的人不准動，一面朝他們跑來。

「付費閘門！」塔貝里一見擋住去路的柵門跟頂端的尖刺，就可憐兮兮地說，「我們插翅難飛了！」

「跳過去啊！」萊諾回答，「跳過柵門！」

「你是貓，我又不是！」塔貝里醫師抗議，「去吧，小子，如果你辦得到就跳吧。」

萊諾理解到，胖醫師絕對跳不過障礙物，也爬不過閘門，於是憂心忡忡退了開來。橋上的警衛舉高十字弓。鎮警正快步奔越市場，眼見著就快追上這兩個逃亡的人。

萊諾瞥瞥河流，畏縮了一下，接著咬緊牙關，先把塔貝里醫師撐上橋牆，然後爬到醫師身邊，將醫師推入下方的水裡。接著閉起眼睛、拱起肩膀，尾隨直直墜河的醫師，倒栽蔥跳入河裡。

萊諾嗆咳不停，怕自己的肺部就要爆開，一面用雙手划水，一面來回踢蹬雙腿，想擺脫掉裝備箱。最後終於掙脫了負荷，一眼就看到塔貝里醫師溼亮的腦袋在旁邊起起伏伏。裝備箱浮到了水面，兩位倒楣的泳者緊緊攀住木箱。

十字弓射出了箭矢，咻咻掃過萊諾耳邊。不過，鎮警還來不及補箭，湍急的水流就將裝備箱帶往下游，脫離了射程範圍。塔貝里醫師氣喘吁吁，一隻手臂攬著木箱，另一隻手臂忙著朝岸邊划水。

「堅實的土地啊！」名醫支支吾吾，「往岸邊前進吧！」

萊諾聽話照做，在水裡賣力划著。但裝備箱還是繼續往前急衝。兩個被迫順流而去的泳者，只能死命攀住不放。

過了河道轉彎的地方，水變淺了。萊諾的腳趾刮到了河底，他跟塔貝里醫師終於可以把木箱帶往河畔，拖上岸去。在那裡，塔貝里醫師匆忙又焦慮地檢查抽屜跟隔間。發現寶貝裝備箱不只沒進水，

充當木筏之後也完好無缺，塔貝里醫師心滿意足，整個人癱倒在地。

「真是生命之泉啊！」他嚷道，呼出一口氣，「這條河救了我們的命！」

萊諾打著哆嗦，因為厭惡水，也因為覺得冷，他將自己從頭到腳甩了甩，然後伏在石子上，把臉上的水抹掉，揉揉灌滿水的耳朵。

「我這輩子沒溼成這樣過，」他哀哀叫，「也從沒游過泳，我以後不要再做這種事了。」

「以後再也不用這樣，你應該覺得謝天謝地，」塔貝里醫師回答，「我們已經安全逃出布萊福，找路回登斯坦森林吧，你的煩惱也就到此為止。」

「嗯──我想是這樣沒錯，」萊諾有點猶豫地回答，「可是吉莉安她怎麼辦？」

「她這姑娘很厲害，」塔貝里醫師要他放心，「總會想出辦法的。」

「希望可以，」萊諾回答，「可是不知怎麼了──我好希望沒離開她身邊。可是，我答應史蒂芬納斯大人說會直接回家，他一定沒想到我會離開這麼久。我不知道該怎麼辦，腦袋一團亂──」

「這種狀況很平常，」雙腿粗短的塔貝里醫師邊說邊站起來，「肚子空空的時候，一切都會更混亂。自然界厭惡真空，我不喜歡早餐被打斷，這樣會引發空腸悸動的毛病。」

塔貝里醫師打開裝備箱的隔間，拿出從客棧搶救出來的剩菜：吃剩的雞肉跟幾塊麵包。

「喏，」他爽朗地說，分了一半給萊諾，「最好先吃點東西，你的臉色有點泛青。」

「泛青？」萊諾嚷道，雙手緊扣自己的脖子，「我變綠了嗎？」

「只是一種比喻啦，」塔貝里醫師說，「吃吧，小子，吃東西最能夠趕走憂鬱跟寒冷。」

萊諾搖搖頭。「我不餓。」

「這可是壞兆頭，」塔貝里醫師說，「不過我的裝備箱裡正好有你需要的處方，我等一下就來處理。」

語畢，塔貝里醫師狼吞虎嚥吃起自己那份雞肉，速度快到嗆到了。他大翻白眼，氣急敗壞指著喉嚨。

塔貝里快窒息了，萊諾衝過去用力拍他的背。醫師一陣狂咳之後，惹禍的食物碎塊就從咽喉噴射出來，掉在石頭上。

是一根許願骨。

12 萊諾迷路了

「啊，真是鬆了口氣！謝謝你，小子。這是個教訓：欲速則不達啊——吃東西永遠別貪快。」塔貝里醫師把呼吸調勻之後，抹掉眼淚，回頭繼續吃。

萊諾看到剛剛名醫差點吞下去的許願骨，一把抓了起來，「就是這個！史蒂芬納斯大人給我的那根——一定是！」

「不大可能吧，」塔貝里醫師邊吃邊答，「吉莉安料理的雞是很美味沒錯，這點我承認，但裡頭不會含有魔力骨頭或魔力內臟什麼的。」

萊諾在手裡來回轉動那根許願骨。「一定是我追著老鼠跑過廚房的時候，不小心掉出來，混在了吃剩的飯菜裡。喏，看它有多乾燥，而且經過仔細的磨光。」

塔貝里醫師久久端詳著萊諾找到的東西，然後點了點頭。「對，新鮮鳥禽的身上幾乎不可能有老骨頭，唔，這就對了。不過，如果這根骨頭有你說的那種運輸功能，只有一個方法可以證明。你把這個東西折斷，許下回家的願望，看看會發生什麼事。如果真的有用，先讓我跟你道聲再會，我會想念你這兩天來的陪伴。」

萊諾望著脆弱的許願骨，猶豫一下之後塞回皮袋。

「這是怎麼了？怎麼了？」塔貝里醫師問，「你馬上就可以回家了，難道你寧可長途跋涉，一路走回登斯坦森林？」

「不，」萊諾說，「我不回去了。」

「不回去？」塔貝里醫師嚷道，「真想不到你這小子會違背承諾。」

「我的意思是，我不要馬上回家，我要先回布萊福。」

塔貝里醫師跳站起來，動手去開裝備箱。「你毫髮無傷地逃出布萊福，現在竟然又想跑回去？要去找波斯維？還是史瓦格？他們會好好歡迎你的！會馬上把你監禁起來！你腦袋壞掉了！我這裡有什麼可以治腦膜炎的？河水一定滲進你的頭蓋骨了！」

「我想要幫助吉莉安，」萊諾堅持說道，「我當初不應該那樣離開她身邊的。」

「吉莉安是全世界最不希望你鋌而走險的人，」塔貝里醫師好奇地瞅著萊諾，「再者，如果你所言不假，真的是一隻貓，那你也不用替她擔那個心吧。」

「即使如此，我也應該關心，」萊諾回答，「起初，我不怎麼在意，可是現在我很在乎。我也搞不懂為什麼，感覺好奇怪——不，我要先確定吉莉安沒有危險，才要回家。」

「哎呀，原來如此，」塔貝里嘆口氣，「什麼腦蓋骨進水？才不是，你是因為心裡頭有吉莉安。如果你想問我的意見，我會說你是跌入愛河了。」

「那會比跌入布萊福河更慘嗎？」萊諾問。

「慘多囉！」塔貝里醫師回答，「唔，我的小子，如果你已經下定決心，我們就快快往布萊福去吧。」

「你剛剛明明給我一堆警告，還願意跟我一起回去？」

「我是很猶豫啦，」塔貝里醫師說，「理智也告訴我最好別去。可是如果連貓都這麼大膽無懼——唔，那麼醫師也可以。」

萊諾把裝備箱扛上肩，名醫塔貝里就跟在後面，兩人順著河畔出發了。不過，不久，林下灌叢越長越茂密，很難通行，逼得他不得不離開河邊，尋找更好走的路線。

萊諾一心只想盡快抵達加冕天鵝，塔貝里則細看每叢雜草跟灌木。一路上，名醫一直撩高翻飛的袍子，猛力踩過乾燥的草地或荊棘，不願錯過替裝備箱採集新樣本的機會。

他們歇腳休息的時候，塔貝里醫師解釋，「你要知道，小子，一般常見的那些平凡草藥師，只會拿一點這個、拿一點那個，混合成藥劑。注意了——那些東西根本一文不值！噢，也許可以治治水泡、扁桃腺炎、打嗝、腳趾甲內長、瘧疾、風溼病、呼吸急促啦，不過都是很一般的病痛。」

「人類竟然要忍受這麼多病痛？」萊諾嚷嚷，「可憐的東西！」

「我說的還不到一半呢，而且都還不是最糟糕的，很悲哀吧。不，小子，那些都還算最單純的。治療人類腦袋瓜上的頭皮屑，比治療人心的卑劣還容易。我有治療拇指外翻的特效藥。要是我可以找到治療貪婪或殘酷，甚至是治療日常惡行的藥，那就好了。在我找到以前，我們這些不快樂的生物就只能盡量把日子過好。說到這個，我們最好趕快上路吧。歷經險阻終成大業啊——小心路上有蛇。」

他們再次出發，可是萊諾很快又停下腳步。不久前，他繞過了一處樹林邊緣。現在，他不是把樹林拋在後頭，而是回到了同一批樹木那裡。

「我不懂，」他喃喃，「我明明照著河流的方向走——不，我是朝水流的反向走，因為我們當初是往下游漂的，布萊福一定就在前方。還是——還是說在另一邊？」

他盯著塔貝里醫師看。「我不知道我們在哪裡，我迷路了！」

13 跟一桶鯡魚搭馬車

「腦袋一團漿糊——我完全沒概念，」塔貝里醫師說，「我把這類的事情都留給你處理。」

「可是我迷路了！」萊諾焦急地說，「我是貓耶，竟然會迷路！頭一次發生這種事。到底怎麼回事？我生病了嗎？」

塔貝里醫師看著煩惱的萊諾。「你有什麼症狀？覺得迷惑？茫然？搞不清楚狀況？有點坐立難安？恐懼？不知所措？」

「對，對！」萊諾嚷道，「全部都有！」

「好，」塔貝里醫師說，「你還滿正常的。」

「可是我該怎麼辦？」

「欸，明理的人碰到這種狀況都會這樣。繼續走，一面往好處想。我不知道貓一般是怎樣，但人類也只能這樣。」

這番勸告安慰不了萊諾，但他也只能照做。他強忍憂愁，盡可能打起精神，再次上路。就在越來越絕望的時候，他終於發出了歡喜的呼喊。一條寬闊平坦的道路映入眼簾。他奔向它，然後皺眉打住腳步，「這是布萊福路嗎？一定是吧，可是往哪個方向走才對？」

「這是個難題啊，」塔貝里醫師說，「唯一的好處是，走對跟走錯各占百分之五十的機會。」

就在那時，萊諾聽到答答的馬蹄聲，還有車輪的喀啦響。有輛馬車隆隆駛入眼簾，他急切地對著駕駛揮舞雙臂，「朋友，布萊福往哪邊走？」

「我就是要往那裡去。」

駕駛回話，他是個肩膀高聳的禿頭男人，瘦得跟條線繩似的，「所以呢，我的馬面向哪個方向，就是那個方向。」

「讓我們搭個便車吧，」塔貝里醫師打岔，「你一定要知道，遇上了我們，算你有福氣。為了回報你的好心腸，我會替你調配一帖塔貝里敷髮藥，大家更熟悉的名稱是塔貝里健髮劑。」

「拿去抹你自己的腦袋吧，」駕駛反譏，「看一眼就知道你們是閒人跟混混。我的馬車裡沒地方給這種人坐。如果你們不是這種人，就不會沒有自己的馬車，也不會想占好心大忙人的便宜。」

語畢，他咂咂舌頭，猛甩轠繩，駕著馬車出發上路，車速快到萊諾必須扭著身子躲開，免得被車輪碾到腳趾。

「好心沒好報！」塔貝里醫師嘀咕，「不知感恩的傢伙！」

「怎麼有那種人啊？」萊諾忿忿嚷道，望著馬車遠去，「他明明有空間可以載一打的人！不幫就算了，還這樣羞辱人！要是史瓦格遇到同樣的情形，一定把馬車跟所有東西全都搶走，早知道我就這樣做！」

「偷走他的馬車，他也不大可能會變得更慷慨啊，」塔貝里醫師說，「而且要是你有樣學樣，你可能會納悶，自己跟史瓦格又有什麼不同。」

萊諾沒回話，只是陰鬱地往前走。查出了布萊福的方向，至少還算有點收穫。不久，又聽到有馬車順著這條馬路從反方向駛來，他根本懶得抬頭去看，直到馬車停下來，傳來人聲，「怎麼，又是你們兩個？史瓦格在追捕你們。要是你們繼續往前，就會直接掉進他的魔掌裡。」

原來是托立佛先生。萊諾連忙走向馬車，很高興能在剛剛那張臭臉過後，見到一張友善的臉龐。

萊諾說完事情的來龍去脈之後，托立佛先生驚呼：「你們要回鎮上？現在？偏偏挑這個節骨眼？史瓦格派人嚴密監控客棧，吉莉安簡直就是被軟禁在自己家裡。」

「所以我更該陪在她身邊。」萊諾說，看到托立佛先生竟然將馬車倒車，調了頭，萊諾驚愕極了。

「既然你都這麼說了，」托立佛說，「那我就更該幫個忙。你們兩個跳上來吧，爬到帆布底下，別在意那幾桶鮮魚，裡面空間多得很。」

托立佛出其不意主動說要幫忙，萊諾驚奇的感覺遲遲不退，他先把塔貝里醫師扶上馬車後方，接著才爬上去坐在名醫身邊。兩人都蹲伏在木桶當中，裝備箱擱在兩人之間。

馬車沿著馬路隆隆飛馳，不久就喀啦啦駛過布萊福橋，正要越過付費閘門時，萊諾聽見警衛開口了，「怎麼又是你啊，托立佛？」

「忘了有事沒處理，現在得回去一趟。別這樣嘛，好心點，過橋費這次就算了，讓我過去吧。」

萊諾聽到警衛斷然拒絕了，托立佛邊付費邊大聲嘀咕。馬車隆隆駛過市場的石子地。雖然透過縫隙看不到多少東西，但萊諾判斷馬車正朝著客棧奔去。不久，他就瞥見加冕天鵝了。如同托立佛警告過的，有個鎮警在門口徘徊。

托立佛收韁勒馬，把車停下，警衛說：「還以為不會再看到你了，還不快走，不然這次包準讓你吃不完兜著走。」

「我就是不想被賴帳，」托立佛回答，裝出憤恨難平的樣子，「當初說好要付我的肉錢跟麵粉錢，不能再讓她拖著不還。」

「那就上門討去吧，」鎮警想了想之後說，「那個婆娘操起掃帚動作可快了，你自己想冒那個險，不干我的事。」

「對，」托立佛說，「我不想在大街上處理事情。」

鎮警讓到一旁，讓托立佛先生把馬車轉進客棧院子，他在那裡停下並大聲敲響後門。奧伯特謹慎地往外一探，托立佛急忙在對方耳邊竊竊私語。打雜男孩隨後消失蹤影，下一刻帶著吉莉安回來，吉莉安奔向馬車。

「我還以為你安全了，」女孩透過縫隙對著萊諾嚷道，「你做了什麼傻事？」

「我本來希望，妳會很高興看到我，」萊諾說，「塔貝里醫師認為我跌進愛河了。對於愛河那件事，我沒什麼把握，因為以前沒有那種經驗。即使如此，我也要等妳沒事了才要回家。」

吉莉安臉一紅，邊哭邊笑。「遇到這種情況，連貓都應該更理性才對啊！要是你被抓了，對你、對我又有什麼好處？你的處境比之前更危險了！我也是。」

「那妳跟我回登斯坦森林去吧，」萊諾催促，「那邊沒有東西傷得了我們。」

「然後把客棧拱手送給波斯維？那就是他求之不得的！」

「隨他去嘛，」萊諾回話，「反正只是一棟房子。」

「不行！」吉莉安嚷道，「波斯維在布萊福強取豪奪，非得有人阻止他不可。要是我不起身反抗他，大家都只能任由他宰割。」

萊諾還來不及回話，托立佛先生就走向馬車，拉高嗓門，彷彿在跟吉莉安吵架。萊諾很快就明白原因何在。他從狹窄的藏身處瞥見鎮警，聽到那個人在跟某人講話。

「我打賭我看到她在跟一桶鯡魚講悄悄話。」

「跟鯡魚講話？要不是那個婆娘腦袋壞了，就是你腦袋壞了。」另一人厲聲說，萊諾認出是史瓦格。

萊諾蹲伏在馬車裡，史瓦格大步走向吉莉安，「好了，小姐，我手下說妳在跟鯡魚嚼舌根，」他粗聲笑著，「告訴我，那些鯡魚答了什麼話？」

「我寧可跟醃魚講話，也不要跟你說話，」吉莉安回嘴，「走開，垃圾，不然我要再用掃帚掃你出去。」

「換個態度吧，小姐，」史瓦格說，「嘴甜一點，講話別那麼嗆，要是咱們交情好一點，妳會少很多麻煩。」

史瓦格咧嘴笑著，伸手要抓吉莉安的手腕。萊諾看到這個情景，發出怒吼，將帆布往旁邊一掀，抓起一個桶子，朝史瓦格的腦袋砸去。不過，木桶沒擊中目標，只是掃過史瓦格的肩膀，箱子裂開，撒得他滿身鯡魚。

「老天弄人啊！」塔貝里醫師嚷道，從躲藏的地方冒出身子，「這下子可糟了！」

托立佛往前一撲。奧伯特衝出門口，跳上鎮警的背，將鎮警的耳朵當成

韁繩揪住，鎮警嚇了好大一跳。

那一刻，萊諾用力一彈，從馬車跳下來，雙手往前伸，準備跟史瓦格搏鬥。但萊諾還來不及反應，就已經在地上滾了一圈。他這輩子頭一次無法以雙腳著地，此時無助地仆倒在地，落入了史瓦格的魔掌。

14 波斯維鎮長的荒唐審判

吉莉安跑來要扶萊諾，她撲向史瓦格，用拳頭猛搥他的腦袋跟肩膀。奧伯特攀住隊長背部，使勁踢著他的肋骨。托立佛同時扣住兩位鎮警的脖子，用壯碩的胳膊使勁搖撼兩人。塔貝里醫師朝著四面八方拳打腿踢。戰情一時逆轉。吉莉安狂捶猛打，史瓦格終於往後退開，萊諾得以掙脫束縛。

「快走！」托立佛喊道，兩隻胳膊各扣住一個鎮警的腦袋，「用我的馬車！」

塔貝里醫師有意撤退，手忙腳亂爬進托立佛的馬車，可是萊諾拒絕上車。他不顧吉莉安的催促，硬是堅守在女孩身邊，準備再次正面迎戰史瓦格。

到了此時，客棧院子湧入了更多鎮警。史瓦格的臉逼近吉莉安，「兇婆娘！妳以後會巴不得當初對我客氣點！還有你，貓仔！咱們還有舊帳要算。」他向警官比比手勢，警官團團圍住他們的囚徒。「把他們帶走，全部帶走。」

「我的裝備箱！」塔貝里醫師喊道。

「你是說你那箱垃圾嗎？」史瓦格反駁，順手把箱子從馬車上拖下來，召喚一個鎮警上前，「喏，這個扔掉。」

塔貝里醫師連忙摟住那個木箱，史瓦格想強行把它拉走，可是吉莉安把他的手打到一旁。

「你沒有權利傷害我們，或是破壞屬於我們的東西，」她說，「我們沒犯罪，也沒人指控我們犯法。」

「哎唷，」史瓦格得意地說，嘲弄似地一鞠躬，「博學的法官開口囉。」

「她說得沒錯，史瓦格。」有個鎮民喊道。客棧院子裡的騷動把鎮民都吸引過來了。

「你別插手，」史瓦格反駁，「法律歸我管，不干你的事。」不過，他意識到鎮民憤怒的嘀咕，於是心不甘情不願地讓塔貝里醫師留住裝備箱。

史瓦格一聲令下，鎮警們押著囚徒走出院子，踏上街道。吉莉安昂首闊步，奧伯特小跑步緊跟在後。塔貝里醫師跟在後面，托立佛則以穩定的步調跟萊諾並肩而行，萊諾鬱悶地對他說：「要是你當初沒幫我們忙，就不用吃這種苦頭了。」

「我想是這樣沒錯，」托立佛笑著回答，「不過即使重來一次，我還是會這樣做。」

萊諾意外地看著他。「欸，連貓都不會再犯相同的錯了。」

「唔，好了，」托立佛先生說，「貓的作法不一定適合人。要是我做了不對的事，可能會懊悔，可是做對的事，我永遠不遺憾。跟我說：你當初會有不同的作法嗎？」

萊諾眨眨眼，困惑片刻。「我——這麼一想，我想我還是會這麼做。」

囚徒現在被趕進了石屋的房間裡，萊諾記得第一天來到布萊福時，就來過這裡。在那裡，鎮警把他們趕進角落，拿著刺槍待命。

「這不是正式的法庭，」吉莉安氣憤地嚷道，「把我們帶到鎮政廳去，如果要對我們提出什麼告訴，一定要由鎮議會舉行聽證。」

「他們會的。」有個尖亢的聲音說，萊諾馬上就認出是誰。

波斯維站在門口，一身紅袍，脖子上掛著代表官職的鍊子。一雙小眼睛閃閃發亮，搓著雙手，啪啪折響指關節，聲音跟他的嗓音一樣乾燥刺耳，「遺憾的是，議會目前忙不過來，因為他們正忙著通過我增收窗玻璃稅的提案，千萬不能打攪他們，不過，他們到時會收到完整的報告。史瓦格先生，請記下犯人的供述。」

波斯維在木桌後面落坐，史瓦格在他旁邊，將插羽帽子推往腦袋後側，打開外頭結了一層乾墨的墨水瓶，抓起一支鵝毛筆，開始費勁地振筆疾書。

「他在寫我們的供述嗎？」萊諾問，「我們到目前為止什麼都還沒說啊。」

「安靜！」波斯維嚷道，「我很快就會來對付你。」他瞥瞥托立佛。「好了，這傢伙的罪名是什麼？」

「幫助兩個犯人逃出布萊福。」史瓦格宣布。

「他們又沒經過審判，哪是犯人啊！」吉莉安激動地說。

「他們會是的，」波斯維向她保證，「妳也一樣。」

「恰恰相反啊——這種指控也太荒謬了！」塔貝里醫師插話，「我們不只沒逃，還盡快趕回鎮上了。」

「沒錯，」托立佛補了一句，「這點我很清楚，因為載他們進布萊福的就是我。」

波斯維皺眉，對著史瓦格嘟囔，「沒有更好的罪名嗎？」

史瓦格嚼著鵝毛筆末端，思索片刻，又在他沾滿墨漬的紙張上疾書，然後急急補充，「是的，閣下，有個很重的罪名，就是用鯡魚桶進行嚴重攻擊。」

「桶子是我丟的，」萊諾嚷道，「不是托立佛先生。」

「可是鯡魚是他的，」波斯維喝叱，「把鯡魚當成致命武器，很好，魚全數沒收，扣押在我的儲肉室裡，這類證物收在那裡最安全。」

波斯維不理會托立佛的怒聲抗議，把注意力轉向奧伯特。「還有這個惡棍呢？他又幹了什麼好事？」

「他是被告惡名昭彰的同黨。」史瓦格回答。

「被告？」吉莉安嚷嚷，「罪名是什麼？根本沒有東西可以用來指控他或我們任何一個人。」

「首先，妨礙司法，」史瓦格說，「其次，傷害執法人員，對他們施暴，跟著這個壞蛋，這個騙徒——」

「是醫師！」塔貝里醫師激動地說，「說什麼騙徒啊！先生，你這樣是侮辱我的專業能力。」

「住嘴，」波斯維下令，「法庭看到騙徒就知道是。」

「最後一次看到他的時候，他跟另一個混混首腦跟公害在一起。」史瓦格繼續說。

「如果你指的是我，」萊諾說，「完全講反了吧，我是在幫吉莉安耶，公害是你吧。」

「住嘴！」波斯維嚷道，猛敲桌子，「我自己會判斷事實真假。」

「都記下來了，」史瓦格說，「判決結果：有罪。」

「有罪？」萊諾驚呼，「什麼罪？」

「時候到了自然就會定案，」波斯維回答，「有件事倒是很確定：你們就是犯了某種罪。要不然，你們一開始就不會接受審判。最先是你在我家放了整屋子的老鼠。」

「閣下，老鼠是自己過去的。」

「你好大膽子，竟敢說這種話！沒有老鼠會選擇來住我家！」

「可能不會，」萊諾重新考慮之後，表示同感，「我想，牠們找不到更好的地方。」

「什麼？」波斯維結巴起來，「你暗示我的宅邸對老鼠來說不夠好？」

「恰恰相反，閣下，我確定你家對老鼠來說夠好了。」

「夠了！」波斯維吼道，「不准跟我抬槓！你跟我的敵人一起密謀！

承認吧！我會挖出真相的！一把碎指器[6]就可以要你們全都招供！史瓦格，認真辦事！」

6 古時的酷刑工具，用來將拇指、其他手指或腳拇指的骨頭慢慢壓碎。

15 法庭陷入混亂

史瓦格還來不及揪住囚徒，警衛室的門就打開了，富勒先生跟其他鎮議員闊步走了進來。史瓦格齜牙咧嘴轉過身去。

「閣下，」富勒先生以嚴厲的語調說，「聽說這裡有場審判。」

「錯了，議員們，」波斯維說，「早就審完了。」

富勒先生搖搖頭。「這種作法非常失格啊，閣下。你應該很清楚，如果案情嚴重，本鎮憲章規定，議會成員必須全數在場。」

「你們這樣是在浪費時間，」波斯維說，「這件事跟你們無關，只是一樁無關緊要的小事。」

「我不知道接下來還有什麼事，」萊諾打岔，「可是其中有件事跟碎指器有關。」

「酷刑？」富勒先生驚呼，「那也是違反本鎮憲章的啊！波斯維鎮長，議會無法同意讓你私下審判。」

「你好大膽子！」波斯維反駁，「你竟敢質疑我的權威？」

「對，當你逾越權限的時候。」富勒先生回答，神情嚴厲地望著鎮長，其他鎮議員也喃喃表示同感。

「先生們，先生們！」波斯維看到議會跟富勒先生站在同一陣線上，警覺起來，舉高雙手佯裝無辜，同時放柔語調，「你們都誤會了，我只是善盡自己的職責啊，身為謙卑的公僕——」

「公僕？」吉莉安出聲了，「他服務自己比服務他人還勤快。他想要我的客棧，這點早就不是祕密了。等他把我們全都掃進監獄，就可以把客棧占為己有。」

「吉莉安小姐對你的控訴不是等閒小事，」富勒先生說，「議會一定要聽聽兩造的說法。同時呢，除非證明你提出的控訴，否則你無權拘禁她。」

波斯維並未立刻回答，而是表情扭曲，鼓起臉頰。史瓦格往他湊近，匆匆對他咬耳朵。波斯維仔細聆聽，臉上緩緩浮現笑容，他說：「你說的沒錯，富勒先生。我的警長指出了——呃——這個案子的複雜度。托立佛先生可以保留他的鮭魚，對他的告訴全數撤銷，他可以自行離開。吉莉安小姐跟打雜弟明天會有完整的聽證會，就當著整個議會的面。不過，既然她是被告的一方，在傳喚出庭以前，不得離開加冕天鵝。至於另外兩名被告，在繼續審判之前，要先受到羈押。」

「你沒理由拘留他們。」吉莉安嚷道。

「安靜！」波斯維令道，「他們不是布萊福的公民，所以可以照我的指示羈押起來。再者，另外有個控訴，他們一定要提出答辯，史瓦格跟他手下的警官都會出席作證——這兩位知法犯法，經過預謀，逃漏法律規定支付的費用，非法越過了分隔建物。」

「他的意思是，」塔貝里對困惑的萊諾低語，「我們沒付錢就過了布萊福橋。」

「可是我們沒過橋啊，」萊諾抗議，「我們是跳下橋。我們之所以會跳下橋，就是因為有人用那種叫十字弓的東西射我們，只有傻子才會乖乖留在原地。那些鎮警真的想傷害我們！至於付錢，這座橋明明是我主人的。一開始建好這座橋的是史蒂芬納斯大人。」

警衛室陷入靜寂。波斯維的下巴一掉，面色鐵青。富勒先生是第一個開口說話的，他走到萊諾身邊低聲說：「你剛剛說了什麼，年輕人？當心點，這可是很嚴重的指控啊。」

「這種事叫指控嗎？」萊諾回話，「那是史蒂芬納斯大人親口告訴我的。好多年前他還在布萊福的時候，有個男的請他幫忙建造一座橋，說要造福所有的鎮民，他配合了，可是等他一造完橋，那個傢伙就占為己有，還逼每個過橋的人付錢。」

「那麼，你的意思是，」富勒先生繼續說，一面細細端詳萊諾，「波斯維家族不是這座橋的合法所有人？這座橋不是他們的？」

「說謊！說謊！」波斯維緊握拳頭吼道，「那座橋是我的，是波斯維家族一代代傳下來的！那個收費閘門是我的！所有權在我身上！」

富勒先生舉起一隻手。「肯定是吧，不過，你的所有權是否透過正義的手段取得，又是另一回事，這點一定要經過仔細檢視。你的收費閘門對我們鎮民來說是個沉重的負擔。如果當初建造這座橋是為了造福鎮民，這個年輕人剛剛提出的說法，可說對布萊福助益良多。」

「什麼？」波斯維吞吞吐吐，「你竟然聽信罪犯的話，不顧自己的鎮長？」

富勒先生轉向萊諾。「你能證明你告訴我們的事嗎？」

萊諾搖搖頭。「不能。」

「看吧！」波斯維尖聲說，「滿口謊言！他承認了！他什麼都證明不了！史瓦格，把他帶走！」

「我是沒辦法證明啦，」萊諾說下去，「不過有個人可以，就是史蒂芬納斯大人。」

「太好了！」波斯維嚷道，喜孜孜地雙手合拍，「棒極了！我們來聽他怎麼說。你說他建了這座橋是吧？那麼他一定跟我的曾祖父一樣老，而且老早作古入墳了！」

「不，閣下，」萊諾說，「他不在什麼墳裡，他在登斯坦森林的一棟木屋裡。」

「他願意過來布萊福一趟嗎？」富勒先生問，「他肯替你作證嗎？」

「我肯定他不會願意的，」萊諾據實以告，「他發誓再也不踏進布萊福一步。就我這陣子親眼觀察到的，他會有這種反應我也不能怪他。」

富勒先生皺起眉頭。「那麼也許我們可以過去找他？」

「我不知道，」萊諾說，「他不喜歡人群，可是我可以告訴你怎麼去他的小屋。」

「騙局！廢話！」波斯維打岔，「我不會接受的！這個惡棍的主人一定跟他一樣是個大騙子！夠了！休庭！」

「議會不會丟下這些疑點不管，」富勒先生說，「我們過去忽略了你的行徑，可是再也不會這樣了。吉莉安小姐跟這位陌生青年替我們立下了勇敢的典範。我們明天會繼續審案。」

「休庭！休庭！」波斯維吼道，「退席！」

雖然萊諾奮力想擠到吉莉安身邊，但史瓦格手下的鎮警團團圍住他跟塔貝里醫師，拖著他們離開警衛室。

警衛沿著窄小的走道催逼他們往前走。「鎮定啊，小子，」塔貝里醫師催促著，緊緊摟住裝備箱，「富勒先生會查個水落石出的。你剛剛表現得很好，該擔心的是波斯維，而不是你。吉莉安很安全，我們兩個最慘也只不過是被監禁一個晚上。」

塔貝里醫師的擔保讓萊諾稍感安慰。不過，當他看到打開的牢房門時，心頭不禁一沉。他轉向史瓦格，對方正歪著嘴衝他笑。

「如果你想笑，現在儘管笑吧，」萊諾嚷道，「等到明天，你跟你主人就——」

「傻瓜！」史瓦格打斷他的話，「你以為我會讓你們活到那時候嗎？」

16 塔貝里醫師的最後處方

厚重的牢門鏗鏘關上。萊諾朝門撲去，猛捶鐵板，狂罵史瓦格跟波斯維。此舉全是白費功夫，只是讓他累壞了。他撲通跪在地上，雙手掩住臉龐。片刻之後，他嚷道：「塔貝里醫師！救救我！慘了！」他舔著淌下臉頰的鹹水滴。「我的眼睛！我的眼睛漏水了！」

塔貝里醫師露出哀傷的笑容，一手搭上萊諾的肩。「不會怎樣的，這很正常，你只是流了淚，這種東西我們就叫『眼淚』。」

萊諾吸著鼻子，好奇地搓著眼睛流出來的水分。「這種東西常常會出現嗎？」

「貓倒是不會，」塔貝里醫師回答，「對人類來說，唉，倒是常有的事。可是，小子，你沒理由哭泣啊。」

「沒有嗎？」萊諾激動地說，「我可能再也見不到吉莉安了。我們沒做錯事，卻被關在籠子裡，史瓦格跟波斯維卻可以自由活動。那些惡棍把我們關在這裡——還打算殺了我們！」

「我不知道貓的世界一般是怎樣，」塔貝里醫師說，「可是在人類的世界裡，不公不義的事還滿常見的。不過，你手中握有一把鎖鑰啊，就掛在你的脖子上，如果你的許願骨真的有你說的功效。」

萊諾抓緊那只皮袋，心猛地一震，他都忘了有許願骨這回事。他胡亂摸索著打結的拉繩，就要擺脫這個窒悶的牢房，把布萊福遠遠拋在後頭了，接著他停住動作。

「不，這樣只救得了我們其中一個，拿去吧，許願離開吧。要不是因為你想照顧我，你現在就不會在這裡了。」

「小子，陪在你身邊是我自願做的事。我沒有離開你身邊的意思，尤其在這個節骨眼上。關於眼淚，有件事你該知道。它們是完全沒用的東西，所以哭泣沒啥意義。需求為發明之母！我們要趕快行動，做點事情才行。」

「只能從牢門出去，可是門又打不開，」萊諾開口，環顧牢房，「不，這裡還有某種開口，在牆壁高高的地方。」

「在陰暗的地方，你看得比我清楚，」塔貝里醫師說，「那裡有欄杆板嗎？還是鐵欄杆？可以把它扯掉嗎？」

萊諾跳到開口那裡，使勁扯著鐵欄杆，最後還是跳回地上。「不可能扯得掉，根本動也不動。」

「會的，小子！會動的！對，我早該想到的！」名醫開始拉開裝備箱的抽屜。「可以用 Solventia Universalia Tudbellia，意思就是『塔貝里萬用熔劑』！」

「是要用來逃出監獄的藥水嗎？」萊諾問，「要用喝的，還是抹在腦袋上？」

「都不是！是要塗在欄杆上，把鐵熔掉，塔貝里萬用熔劑什麼都化得掉！」

「你確定？你以前就調過這種東西嗎？」

「當然沒有，可以把一切都化掉的東西，會有個小問題，那就是——要用什麼來裝？不過，我會用燒杯來調製，要把握燒杯熔化以前的一兩秒鐘，趁這個空檔潑到鐵欄杆上。然後，我們就能逃出去了！」

名醫趕緊動工、挑選材料，接著臉一垮。「我都忘了，這種混合劑要先煮沸才行，需要有熱燙燙的火。」

萊諾發出無奈的叫聲。「那我們沒希望了，這裡根本沒東西可以燒啊。」

「你說得恐怕沒錯，」塔貝里醫師苦悶地附和，接著手指一彈，「等等！我們需要的全都有了。裝備箱！把它砸了吧！這個東西會像火種一樣熊熊燃燒。」

「燒掉裝備箱？」萊諾嚷道，「不，絕對不行，它是無價之寶。」

「你都要把許願骨送給我了，不是嗎？」塔貝里醫師回答。

名醫塔貝里不顧萊諾的抗議，把材料塞滿整個燒杯。之後，倒空了裝備箱，將粉末、藥草根跟乾燥葉片全都拋到牢房角落。約莫半晌，他眷戀地望著那只木箱，繼而閉緊雙眼，往空中一躍，用全身的重量壓向箱子。裝備箱立即四分五裂，變成散成一地的殘片。

萊諾把碎木兜攏成堆，塔貝里醫師從袍子裡拿出燧石跟取火棒，擦出了火花。沒多久，碎木堆就燃起了烈火。

「在冒泡了！」塔貝里醫師高呼，瞥著擺在火焰當中的燒杯，「棒極了！好了，往上跳回欄杆那裡。」

萊諾跳到欄杆那裡，靠單手掛在原地，塔貝里醫師用袍子上撕下來的布包住容器，踮起腳尖把混合物遞給萊諾，「淋上去，小子！動作快！」

萊諾把冒著熱氣的燒杯往欄杆一倒，接著瞪大眼睛往下呼喊：「沒辦法！」

「沒有事情比這個更簡單！潑上去就是了！」

「沒辦法啊，」萊諾重複說道，「我的意思是它沒辦法，根本倒不出來，卡在燒杯裡頭了。」

為了證明自己所言不假，萊諾把容器顛倒過來，搖來搖去。原來裡頭的液體早就凝固了。

塔貝里醫師在下面，雙手抱頭發出哀鳴：「弄顛倒了！我把配方的順序弄反了！什麼萬用熔劑？不，正好相反，是萬用固著劑！」

萊諾領悟到，塔貝里醫師的萬用固著劑顯然也是萬用加熱劑。因為那帖混合劑不僅沒有降溫，反倒越來越燙。他低嘶喊痛，將已經燒到發紅的燒杯拋開。

那個容器落在牢房角落那堆藥材當中，立刻爆出火焰以及震耳欲聾的

聲音，比雷鳴更響亮。

萊諾連忙離開欄杆，縱身飛越空中，重重摔落在地，打了個滾之後，整個人癱在塔貝里醫師身上。

萊諾暈頭轉向，耳鳴嗡嗡，在味道苦澀的煙霧裡又咳又嗆，踉蹌站起身之後，扶起了名醫。名醫正眨也不眨地直直瞪著前方。

「你受傷了嗎？」萊諾嚷道，「出了什麼事？聽得到我說話嗎？」

塔貝里醫師露出恍惚的笑容。「妙啊！妙極了！原來是 Pulveria Tudbellia——就是塔貝里瞬間粉碎劑。」

「不管是什麼，」萊諾高呼，「我們都自由了！」

他抓住塔貝里醫師的胳膊，指著角落。石牆那裡炸出一個不規則的大洞。

就在那一刻，傳來了欄杆跟栓鎖的喀啦響，鐵門猛地打開，史瓦格衝進牢房來。

17 水與火

鎮警簇擁著史瓦格前來，史瓦格舉高燈籠，瞠目結舌望著牆上的破洞，接著，伴隨一聲咒罵往前撲來。

這場爆炸讓塔貝里醫師驚呆了，對自己參與其中更是驚愕。他佇立原地，沉浸在驚奇裡，萊諾還得揪住他，把他推過洞口，再跟在背後衝到寬廣的街道上。

史瓦格和手下跟在後頭，手忙腳亂跨過碎石。萊諾又推名醫一把，名醫才趕緊拔腿開跑。萊諾跟了上去，但在石地上一時沒站穩腳步，踉蹌撞上了一棟建築的側面，他驚恐地意識到自己近乎半盲。

對他來說，黑暗向來有如白天一般清晰，現在卻只看得見模糊的形體跟逐漸逼近的陰影。他那種屬於貓的視覺已經消失不見。他撞上牆壁時，雙手高舉，鎮警已經逼了過來。

眨眼間，半盲的萊諾就被扔到石地上，雙手遭到綑綁，嘴被捂住。一只厚實的帆布袋套住了他的腦袋跟肩膀。儘管萊諾拚命掙扎，不久還是被困在裡頭了。

他耳邊傳來史瓦格的刺耳笑聲，「哼，貓仔，你的九條命已經用完了！」

接著，萊諾感覺自己被抬上了馬車或推車，搖搖晃晃地經過鋪石路，猜不出要被帶往何方。過一陣子，原本經過石地的喀啦尖響聲，變成碎礫碾過的嘎吱聲，接著是模糊的悶聲，萊諾推測是草皮。載運工具停下，萊諾被抬出來，拖過地面。

「史瓦格，」一位鎮警嘀咕，「我不大喜歡摸黑幹這種事。好好揍他一頓就夠了吧，或者把他關起來，等波斯維處理完另一件事再說。」

「如果沒膽，就給我滾，」史瓦格咆哮，「走啊，你們這些懦夫！我自己來處理他。」

萊諾雖然悶在布袋裡，但從未放棄掙扎，最後終於把縛住雙手的繩子扯開，拉掉捂住嘴的布，卻慢了一拍。有人用笨重的靴子猛踢他的肋骨，同時傳來史瓦格的怒罵聲，「這樣一來，在我解決掉他以前，他應該都會乖乖的。」

現在，搞不清狀況的萊諾感覺自己被拋入空中，接著突然又猛烈地往下墜，沉沉的重量扯著他的雙腿。下一刻，就在他急著要換氣時，水淹過了頭頂，他快溺死了。

肺部即將爆裂，心臟狂跳。萊諾拚命想掙脫布袋，布袋卻往鼻子跟嘴巴貼得更牢。他旋轉著下墜，冰冷的水湧進來，讓他嗆住了。

許願骨！

他卯盡全力前後扭動。溼答答的布袋簡直就像一層肌膚，牢牢縛住他。他扭著身體使力，舉起雙手到喉頭那裡，扒抓那只皮袋。一時之間，他什麼都不想要，只想回到登斯坦森林的小屋，看著史蒂芬納斯大人靜靜拔著花園的雜草，舔舔一碗溫熱的牛奶。他扯開皮袋，許願骨就在他的指間，他將骨頭啪擦折成兩半，用殘存的最後一口氣喊道：「我希望——我希望回到吉莉安身邊！」

此時爆出一陣閃光，頓時天旋地轉，最後像要撞斷骨頭似地猛然停下。他眨了眨並睜開雙眼，坐起身的時候，不禁驚恐地瞠目結舌。他回到加冕天鵝了，吉莉安動也不動地躺在身旁，但他這會兒不是溺水，而是深陷火窟。

整間客棧陷入大火，他跳起身，一把抱起吉莉安，絕望地尋找逃生之路。有一片穿越不了的火勢擋住了房間的一面，團團煙霧掩住了房間其他地方。除了轟轟怒吼跟劈啪作響的烈火之外，他也聽到屋外有人吼著要水桶。有扇窗爆裂了，有個鎮民想鼓起勇氣闖進屋裡，但一陣火焰撲來，逼得鎮民只好往後退開。

萊諾抗拒自己的恐懼，嚥下動物受到恐怖火勢包圍的恐慌，從客棧房間蹣跚走到廚房，奧伯特四肢癱軟趴在那裡。

萊諾咳個不停，雙眼刺痛，他將吉莉安放在男孩身邊，拚命想打開門栓。接著，他震驚地意識到，門竟然從外頭被反鎖了，吉莉安跟奧伯特是刻意被困在屋子裡的。萊諾使盡吃奶的力氣，猛踹木頭板子，最後木板終於有了裂隙。突然灌進來的空氣，搧得周圍的火焰更是猛烈。他踉蹌走回尚未清醒的吉莉安身邊，抱著她走進

客棧院子，再回頭把奧伯特拖到安全的地方。

「啊，原來你在這裡！」塔貝里醫師喊道，擠過了旁觀的人群，「你們都沒事吧？要是我早點找到你就好了！那場爆炸讓我一時六神無主。我一定是在鎮上胡亂遊蕩了好一陣子，發生什麼事了？」

萊諾沒時間回答名醫，因為加冕天鵝裡傳出微弱但絕望的呼喊。還有一位受害者困在屋裡。萊諾再次衝進火場，呼喊聲從地窖傳出來，越來越大聲，也越來越急亂。

萊諾猛力推開門，一陣熱火烘得他眼冒金星，讓他連忙舉起胳膊護臉，在紛落如雨的火星之間死命衝刺，沿著燃燒的階梯往下走。到了階梯底部時，發現困在兩個倒塌的酒桶之間，無助地扭動的，就是波斯維。鎮長四周的火焰頻頻往上噴竄。

「救我！救救我！」波斯維一瞥見萊諾就尖聲呼救，「我不是故意要傷人的，原本只是想放個小火——只是小火！」

「是你？」萊諾激動地說，「原來是你搞的鬼？」

「是史瓦格出的主意！」波斯維失控大喊，「他說把客棧破壞到某一個程度，讓那個婆娘付不出修理費，這樣她就非賣我不可！」

「你有沒有想過吉莉安可能出事？」萊諾嚷道，「你應該在自己放的火裡烤到死！」

「不！不！」波斯維尖叫，「你要什麼，我全都給你。我的金子！全部！我的房子！一切！」

「它們對我來說都沒用，」萊諾回話，「可是，對吉莉安——」

「那就全部都給吉莉安！」波斯維嚷道，「我會替她重建客棧！我會在她的廚房工作！我會把史瓦格送走！撤換他手下的鎮警！我會把收費閘門拆掉！我會辭職！富勒可以接任鎮長！只要救救我就好！救我一命！我只求這個！」

波斯維一再高聲懇求與承諾，萊諾跳下著火的階梯，費力將沉重的酒桶挪開。波斯維依然死命尖叫，滾動著掙脫開來。萊諾揪住他脖子上的金鍊，拖著他離開地窖。樓梯在他們背後崩塌，整個地板隨之倒塌。萊諾拖著鎮長一起踉踉蹌蹌逃進安全的客棧院子。吉莉安站了起來，奔過去，一把摟住萊諾。

「不准動！」波斯維下令，「你們全都被捕了！」

18 波斯維鎮長的承諾

「可是——可是你明明保證說要重建客棧！」萊諾嚷道，把吉莉安摟得更緊，「收費鬧鬥的事呢？你的金子呢？」

波斯維渾身汙垢，模樣邋遢，袍子被火花燒出洞的地方還在冒煙。他雙手插腰，氣憤地冷哼，「我沒說過那種話。」

塔貝里醫師一手揪住他的衣領，另一手在他鼻子底下搖手指。「你明明說過，先生！別想否認——你剛剛還真會演！你講的每個字，我都聽到了。」

「我也聽到了，」吉莉安說，「掃帚給我，我會用掃帚喚起你的記憶！」

「我也聽到了，」托立佛一面喊道，一面擠開人群走了過來，「你呼天搶地的，我們都聽到了。」

鎮民們紛紛附和托立佛，痛罵波斯維鎮長，最後他不甘心地嘀咕著：「我一時忘了嘛，可是如果你們要這樣報答我的恩情——哼，那就隨便你們。」

這時，奧伯特解下自己的圍裙，開始綁在波斯維的腰際上。

「你這個無禮的渾小子，離我遠一點，」前任鎮長吼道，「你在搞什麼鬼？」

「欸，閣下，」奧伯特說，「你提到什麼要在廚房工作的事，現在正是開始的最好時機。」

「荒唐！」波斯維駁斥，「我這種地位的人！鍋碗瓢盆？我根本不放在眼裡！」

「它們到時都會擺在你眼前，」奧伯特說，「別擔心，我會教你怎麼做。我會當你的老師，好好幫你上一下刮殘渣跟刷鍋碗的課。你不用多久就會學起來。像你這樣機靈的傢伙——欸，很快就會變成布萊福最伶俐、最快活的刷鍋人。」

波斯維依然憤恨難平，跟著這位積極的老師穿過客棧院子。

塔貝里醫師轉向萊諾咕噥：「要是你問我意見，我認為你當初應該丟下那個壞蛋，讓他自作自受。」

「我沒辦法，」萊諾說，「我不知道為什麼，可是我就是沒辦法丟下他，讓他活活燒死。不管是他，或者是其他人，我都沒辦法丟著不管。」

「連史瓦格你也沒辦法嗎？」塔貝里醫師說，「唉，算了，反正史瓦格都逃走了，我敢說他再也不敢在這一帶露臉了。」

吉莉安從頭到尾一直驚愕地望著萊諾。「我最後記得的事情是想撲滅火勢，」她說，「不——我最後許的願是可以再見到你。然後你就來了！我沒辦法想像你是怎樣辦到的。」

「靠我的許願骨啊，」萊諾說，「它可以把我帶到我最想去的地方。」

「許願骨同時實現了我們兩個人的願望。」

萊諾悲傷地搖搖頭。「唉，它並沒有實現我全部的願望，雖然我希望我們可以一直在一起，可是我答應史蒂芬納斯大人，說會回他身邊。所以我非回去不可。」

「那我跟你一起去，」吉莉安說，「我會跟你家主人講幾句話。如果你想辭掉工作，他也沒有權利把你當成囚犯扣留下來。當然了，要先確定他找得到人手填補你的空缺，做那些——唔，不管你以前都替他做什麼，這樣比較公平。現在，老實說，你本來是他的學徒？他的園丁？還是他的家僕？」

「我是他的貓，」萊諾堅持，儘管吉莉安強忍不耐而發出嘆息，「可是還是請跟我一起來，在他把我變回貓以前說聲再見。」他轉向塔貝里醫師。「你要不要也一起來？你為了我損失了裝備箱，我會跟史蒂芬納斯大人說，他可能會送你一些自己種的藥草跟藥水作為補償。」

「我很樂意，小子，」塔貝里醫師回答，「我調出來的藥劑在牆上炸出了洞——等我再籌備一個新的、內容更豐富的裝備箱，就要把它加進去。不過，我想破頭也想不起當初加了什麼進去，我永遠也調不出來了。也許你的史蒂芬納斯大人知道配方，這種東西偶爾可以派上用場，像是把樹木殘根挖出來，還是鑽水井什麼的……不，再多想一下，那種混合物用起來太吵太亂，不怎麼實用，不值得花那種功夫。」

「那我們一起去登斯坦森林吧，」吉莉安同意，「這趟旅程跟新鮮空氣應該可以讓萊諾的腦袋澈底清楚起來。」她轉身愛慕地對他一瞥。「你越早恢復正常越好，因為啊，」她用溫柔的語氣補了一句，「等我們回到布萊福，你就可以對我發動攻勢了。」

「可是我不想攻擊妳啊──」萊諾開口。

「這種是不一樣的。」吉莉安回答。

「這種我會更喜歡嗎？」

吉莉安嫣然一笑。「我想會喔。」

✣ ✣ ✣

那天早晨，布萊福鎮上喜氣洋洋，彷彿要過節似的，有十幾個市集同時開張。富勒先生頸子上掛著鎮長的金鍊，率先用斧頭對收費閘門劈下第一刀，鎮民刻不容緩動手拆完剩下的部分。木匠跟石匠已經開始修補毀損的加冕天鵝，布萊福的鎮民都很樂意出力幫忙。托立佛主動提議要用馬車載那三位旅人，好好送他們一程。馬車隆隆駛過鎮上時，萊諾跟身邊的吉莉安、塔貝里醫師，瞥見波斯維正坐在客棧院子裡，雙膝之間夾著一只巨鍋，在奧伯特緊迫盯人的視線下，卯足全力拚命刷洗。

在登斯坦森林邊界，萊諾感激地向托立佛道別。馬車在路上轉了個彎消失不見，萊諾召喚吉莉安跟塔貝里醫師跟上來。

「我記得這條小路，」萊諾說，「不管怎樣，我想我記得沒錯。」

他牽起吉莉安的手，扶她鑽過了荊棘之間的縫隙。塔貝里醫師氣喘吁吁跟在後頭，跟往常一樣放慢腳步，但是只要有植物挑起他的興趣，他就定睛細看。不過，才上路沒多久，名醫就舉起手高聲警告：「小心了！我聽到樹叢裡面有人。」

「我們在這裡比在布萊福安全。」萊諾正說著，下一秒，卻驚慌大喊。

史瓦格從一棵樹後面走出來，插羽毛的帽子早已不見蹤影，白褶領汙穢不堪，制服也扯破了，但他卻咧嘴笑著，一如既往傲慢地偏著腦袋，舉起隨身配帶的十字弓。

「所以，貓仔，你沒先跟我說聲再見就溜走啦？還把那個小潑婦也帶著，可是咱倆的帳還沒算完呢。」

「滾開，史瓦格！」吉莉安嚷嚷，「你幹的壞事也夠多了，波斯維現在幫不了你了。你要是再踏進布萊福，就等著送命吧。」

「就那點來說，我還得感謝妳的情郎呢。」史瓦格回答，拿武器瞄準了萊諾。

「這位先生正準備回主人身邊去，」塔貝里醫師插話，「你最好不要插手。」

「那就讓貓仔一路跑回家吧，」史瓦格回話，「要是他有辦法跑得比這個快。」

萊諾還來不及動身，吉莉安就撲向史瓦格，想搶下那把十字弓。箭矢咻咻飛掠過萊諾的腦袋，史瓦格往後一跌，依然緊抓自己的武器，扭身掙脫之後衝過林下灌叢。

萊諾發出怒吼，拔腿追了上去，往森林越鑽越深，不顧刮傷他的多刺樹叢，繼續向前狂奔，一路在覆滿苔蘚的岩石上跌撞滑跤，吃力地爬過倒地的樹木。可是，就在他試著越過乾涸的河床時，腳步一絆，往前撞去。

他一時驚愕不已，連忙坐起身來甩甩腦袋，想讓腦袋清楚點。原來害他整個人仆倒在地的，既不是石頭，也不是樹根，而是史瓦格丟棄在地的十字弓，旁邊散落著好幾根箭矢。

萊諾一把抓起弓箭，準備拉緊弓弦，接著吶喊一聲，將弓砸在大石上，然後拋開手中的殘片。

他跪下來，再次發出驚愕的叫聲，因為史蒂芬納斯大人就站在他面前。

19 萊諾回家

史蒂芬納斯大人一手握著豆桿，另一手拿著園藝鏟子，神情嚴峻地低頭俯視萊諾，「終於知道要回家了啊？早該回來了，你說話算話，這點至少還值得嘉許。你能不能好心告訴我，你原本打算拿那把十字弓幹嘛？」

「有個男的——史瓦格，」萊諾垂著腦袋開口了，「我本來想——一時之間，我本來想殺了他。」

「看來也是，」史蒂芬納斯皺起眉來，「很高興你還算理智，我記得你當貓的時候，似乎比當人類來得溫和。來吧，小屋就在附近。」

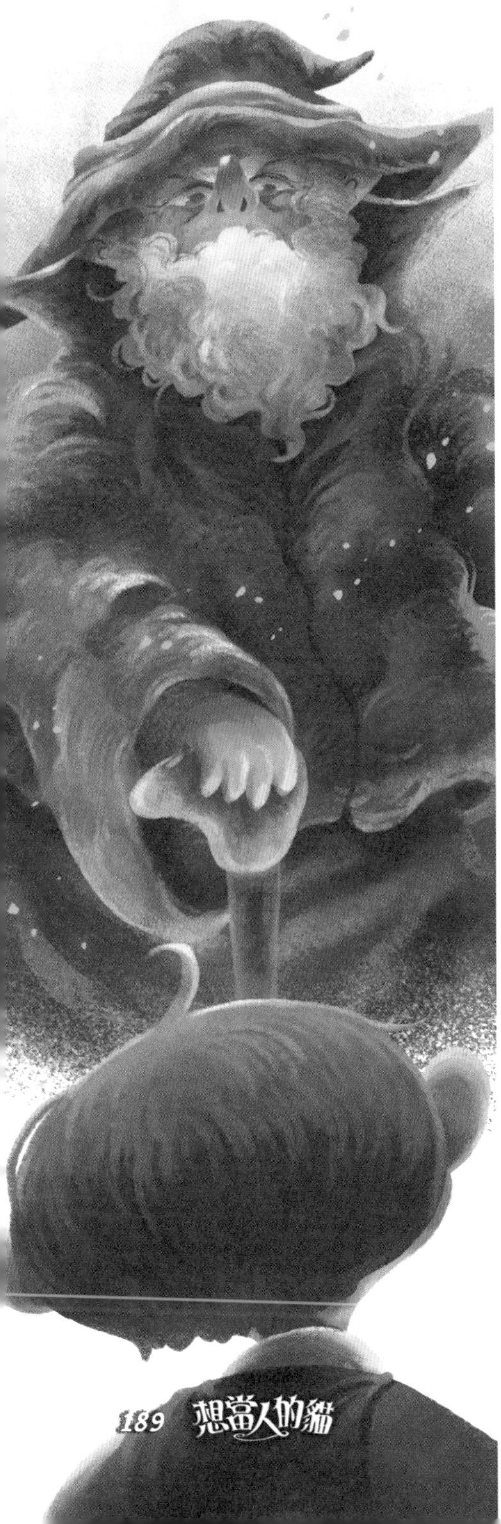

「可是吉莉安有生命危險。」萊諾抗議。史蒂芬納斯大人伸手想抓他的手臂時，萊諾躲了開來。「還有塔貝里醫師！史瓦格還在逍遙法外，我不能把他們兩個丟在林子裡。主人，讓我去找他們吧。」

萊諾結結巴巴地把自己這陣子的經歷匆忙說了一遍。

「別再說了！」史蒂芬納斯下令，他用雙手摀住耳朵，「看到你像平凡人類那樣火冒三丈，已經讓我夠難受的了，現在你竟然比他們任何一個都還多話。史瓦格這傢伙不會再傷人了。」

就在那時，塔貝里醫師跟吉莉安並肩從灌木叢裡冒了出來。名醫頓時打住腳步，吉莉安一看到史蒂芬納斯也突然停步。老巫師的眼神跟儀態讓她不得不垂下視線並喃喃說：「萊諾告訴我，主人把他從貓變成人，我原本不相信他。」

「現在信了吧？」史蒂芬納斯回答，「妳是應該相信的，我向妳保證這件事千真萬確，他原本是貓沒錯，現在又要變回貓了。」

吉莉安猶豫片刻，然後仰頭直視著史蒂芬納斯。「你有問過他想變回貓嗎？」

巫師的眼神閃過怒氣。「當然沒有，姑娘，他想要什麼或不想要什麼，跟這件事一點關係也沒有。」

「你怎麼可以這樣說？」吉莉安嚷道，「因為你有法力，就可以為所欲為嗎？一個人想當什麼，或不想當什麼，難道沒有任何意義？」

史蒂芬納斯因為對方的尖銳質問吃了一驚，登時面露輕蔑。「我沒義務對妳或任何人說明。可是，為了滿足妳，我還是多少說一下好了。妳剛說『人』是吧？我的貓並不是人，再者，既然他屬於我——」

「屬於？」吉莉安驚呼，「你以為人可以擁有另一個人的生命？不管對方是貓、人還是不管什麼東西？」

史蒂芬納斯並未回答，只是拉長了臉，怒目以對，對著自己的鬍子咕噥。

萊諾對吉莉安咬耳朵，「小心點，上次他一生氣，就把我變成人，這次搞不好會把妳變成貓。」

「變就變！」吉莉安將頭向後一仰，對史蒂芬納斯說，「要是萊諾非當貓不可，那我就當貓陪他！」

「妳要放棄自己的人生？」萊諾著急地說，「妳在布萊福好不容易扳回一城，不，不行，吉莉安，我不會要求妳這樣做。」

「又不是你要求的，」吉莉安回答，「是我主動要做的。」

史蒂芬納斯不情願地以欣賞的眼神望著吉莉安，「妳這個人意志還真堅決，這點我倒是要稱讚妳一下。這種衝動很高尚，我都差點忘了有這種東西。你們凡人偶爾會出現這樣的情操。不過，妳就繼續當人吧，知道布萊福有妳這樣的人類，我會比較開心。」

「那萊諾幸不幸福就不用管了嗎？」吉莉安嚷道，「還有我的幸福呢？」

「對妳來說，幸福肯定很重要，不過，即使沒有幸福，久而久之妳也會習慣。夠了，我有豆子要綁。來吧。」巫師對萊諾下令，接著向吉莉安補了一句，「還有妳，我會給你們機會做最後的告別。」

眼前的植物跟野花看得塔貝里醫師心醉神迷，他暫停自己的探索，撩起袍子，快步跟在萊諾後面，邊走邊說：「我聞到了臭鼬的味道，絕對沒錯。我們跑過林子的時候，一定吵醒了一隻。沒錯，牠來了。」

塔貝里指著一隻毛茸茸的小生物，在樹叢裡怒瞪著珠子般的小眼睛，氣呼呼地露出牙齒，靠著後腿站立，前掌高舉，彷彿搖著迷你拳頭。名醫比了個手勢，動物嚇了一跳，連忙逃之夭夭。

萊諾緩緩尾隨史蒂芬納斯穿過院子進入小屋，一認出熟悉的房間、木凳、桌子、櫥櫃、攪拌器，不禁發出叫喊。掛在牆上的乾燥藥草散發香氣，湯鍋正在壁爐裡燉煮，他心跳加快，幾乎急著想再變回貓了。他轉過身來的時候，因為悲痛而喉頭緊縮，先跟塔貝里醫師默默握手，再擁抱吉莉安，將她一把攬進懷裡，直到史蒂芬納斯動作溫柔地將他帶到一旁。

萊諾閉上雙眼，把臉撇開，感覺巫師的手搭上自己的肩。他靜靜等待，幾乎不敢呼吸。他一時頭暈目眩，砰咚跪了下來。等他顫著眼皮再睜開眼，吉莉安跟塔貝里醫生正怔怔盯著他瞧，史蒂芬納斯已經往後退開一步。

「我的咒語——」巫師皺著眉嘀咕：「我的咒語竟然失效了。」

萊諾眨了眨眼，他依然擁有男人的雙手，而不是貓的腳掌。他用手指撫過臉上平滑的肌膚。吉莉安發出歡喜的叫聲，趕來他身旁。

「起來吧，」史蒂芬納斯向萊諾令道，「用你的雙腿站起來吧，從今以後你只能有這樣的腿了。」

「主人！」萊諾驚呼，「你要讓我繼續當人！」

巫師悶哼一聲。「這並不是我的選擇，你可別搞錯。我的法術動不了你。當初把你送到布萊福，你還是隻不錯的貓，現在呢？你變質了！你跟那些生物在一起太久了！你做過的事情是一般有知覺的動物根本夢想不到的，我早該察覺的！你一定在自己心裡放滿了所有可以想像得到的人類情感。無藥可救了，不，你永遠沒辦法變回貓了。你已經被人性汙染了！」

「主人，那要怎麼——」

史蒂芬納斯搖搖頭。「我沒什麼可以給你的了。如果你想留在這裡，可以是可以，只有一個條件——我必須再對你下個咒語，你就再也不會像人類那樣思考。事實上，你會忘記自己曾經當過人。」

萊諾一語不發，最後回答：「我經歷過的事情裡，有些我確實很想忘記，可是其他的部分呢——」他轉向吉莉安，「我並不想遺忘，我想永遠記住。」

「你確定？」史蒂芬納斯問，「你在這裡安全無虞，不會有任何煩憂。你會有個平安順遂的人生，無憂無慮，是凡人無法企及的境界。你見識過不少事情，已經看清人類的真面目了。」

「他們就像你說的那樣，」萊諾表示同感，「有些人比你說的更糟糕，不過，也有些比你跟我講的更好。如果有好的就必定有壞的，那我願意全盤接受。」

「真是愚蠢啊，」巫師嘆氣，「就跟其他人一樣愚蠢。」

「請原諒我打個岔，」塔貝里醫師說，「可是你一定有什麼藥水或軟膏，可以用來消除那些害我們受苦的卑劣特質吧？如果你可以把配方交給我，我會很樂意取這樣的藥名來向你致意——史蒂芬納斯甜劑。」

「不管有沒有借用魔法，都沒有那種東西，」史蒂芬納斯回答，「如果有的話，你想我難道不會在很久以前就拿出來用嗎？如果你們這些不幸的生物還有任何希望，也只能往自己的內在挖掘了。現在你們都走吧，我不喜歡有人類擠在我的小屋裡。」

萊諾擁抱巫師。「再會了，主人，再次謝謝你把我變成人。」

「不用謝我，」史蒂芬納斯回答，「當初我只是給你人的形體，是你把自己變成人的。」

萊諾走到門口時，塔貝里醫師焦慮地跟他講悄悄話，「你別低吼嘛，小子。結局很圓滿啊！對你來說，一切都得到了美好的結局。」

「他不是在低吼啦，」吉莉安說，「他是在呼嚕，」她牽起萊諾的手。

「來吧，咱們回家去。」

愛藏本 107

想當人的貓

作者：羅伊德・亞歷山大 (Lloyd Alexander)
繪者：高一心　譯者：謝靜雯

責任編輯：呂曉婕｜文字校對：呂曉婕、蔡雅莉
封面設計、美術編輯：鐘文君

負責人：陳銘民｜發行所：晨星出版有限公司｜行政院新聞局局版台業字第 2500 號
總經銷：知己圖書股份有限公司｜地址：台北市 106 辛亥路一段 30 號 9 樓
TEL：(02) 23672044 / 23672047｜FAX：(02) 23635741
台中市 407 工業 30 路 1 號｜TEL：(04) 23595819｜FAX：(04) 23595493
E-mail：service@morningstar.com.tw
晨星網路書店：www.morningstar.com.tw
法律顧問：陳思成律師｜郵政劃撥：15060393｜知己圖書股份有限公司
讀者服務專線：02-23672044、02-23672047
印刷：上好印刷股份有限公司
初版日期：2017 年 04 月 1 日｜二版日期：2021 年 4 月 1 日
定價：新台幣 210 元
ISBN 978-986-5582-26-5
CIP 874.57 110002191